KB044636

당신은 당신의 여행으로 만들어진다는 것을 믿는가?
믿지 못한다면 표지를 넘기지 마라. 50cc 스쿠터의 배기가스밖에 맡지 못할 테니까.
그러나 가슴 깊이 믿는다면 이 책을 읽어라.
지상에서 가장 큰 대륙 유라시아를 달려도 식지 않는 그의 심장 박동이 느껴질 테니까!
'뜰끼' 준오를 만나면 누구나 깨닫게 된다.
떠나지 않는 청춘은 모두 죄악이라는 것을!!
―세계견문록(badventure.kr) 선장/청년작가단 0기
『캠퍼스 밖으로 행군하라』, 『1박 2일 가족여행 시티투어』 저자 삐급여행

당신이 마지막으로 푸른 하늘을 질리도록 쳐다본 게 언제였던가?
사회라는 울타리 안에서 좁은 새장을 자유롭게 날지도 못하는
새처럼 답답한 우리들의 청춘을 오랜만에 마음 설레며 어디론가
떠나고 싶게끔 만들어주는 활력소가 되어주는 책이 바로
『뜰끼, 50cc 스쿠터로 유라시아를 횡단하다』는 아닐까!?
―『세계는 넓고 스쿠터는 발악한다』 저자 임태훈

세상에는 많은 종류의 도구나 기구들을 이용하여 여행을 떠나고 돌아옵니다.
실망하시는 분들도 계시고 즐겁고 행복해하시는 분들도 계시겠지요.
대다수의 라이더 여행자들은 말합니다.
바이크와 함께할 수 있어서 너무 행복하고 즐거웠다고…
두려움을 떨쳐버리고 용기를 내서 바이크와 여행을 떠나보세요.
세상의 모든 아름다운 경치와 추억이 여러분들을 반길 것입니다.
―〈이륜차 타고 세계 여행〉 카페 매니저 폴로 이정근

＊ 그림 : 박정우

영국에서 유럽, 아시아를 거쳐 한국까지 2만 킬로미터를 달려오다

똑께, 50cc 스쿠터로 유라시아를 횡단하다

권준오 글 · 사진

영국에서 유럽, 아시아를 거쳐
한국까지 2만 킬로미터를 달려오다

똑개, 50CC 스쿠터로
유라시아를 횡단하다
권준오 글·사진

초판 1쇄 발행일   2012년 4월 2일

지은이 · 권준오
펴낸이 · 김종해
펴낸곳 · 문학세계사
주소 · 서울시 마포구 신수로 59-1
대표전화 · 702-1800 | 팩시밀리 · 702-0084
이메일 mail@msp21.co.kr | 트위터 @munse_books
홈페이지 · www.msp21.co.kr
출판등록 · 제21-108호 (1979. 5. 16)
값 14,000원

ISBN 978-89-7075-527-4   03810

영국에서 유럽, 아시아를 거쳐 한국까지 2만 킬로미터를 달려오다

똑게, 50cc 스쿠터로 유라시아를 횡단하다

권준오 글·사진

문학세계사

Kwon ddoidggi

"너무 많아."
내가 책을 만든다고 결심하면서 가장 많이 들은 소리다.
"여행 책은 알아주지도 않고 남는 것도 없어."
내가 여행 책을 만든다고 결심하면서 두 번째로 많이 들은 소리다.
난 이 책을 통해서 내 이름을 알리고자 하는 것이 아니다.
난 이 책을 통해서 뭐 특별히 대단하다고 자랑하는 것은 더더욱 아니다.
난 단지 알리고 싶다, 소통하고 싶다, 새로운 것을 경험하고 싶다.
그래서 이 책을 만들고 싶다. 마지막으로 드리고 싶다.
여행 중 세상을 떠나신
아버지께……

Prologue
인생의 모험과 도전

　같은 자리에 머물기를 좋아하는 사람이 있는 반면에 여행을 좋아하는 사람도 있다. 이 책에서 나의 '여행'은 단순히 단어적인 의미만을 뜻하는 것이 아니다. 인생에서 중요한 '모험과 도전'이 모두 여행이라는 의미 안에 들어 있다고 생각한다.

　대학교 학과를 정할 때, 남들이 많이 간다고 해서, 혹은 부모님이나 친구가 권한다고 해서 선택하지는 않았는가? 총성 없는 취업 전쟁에 뛰어들어 스펙만을 쫓고 있는 나 자신을 보고 있지는 않은가? 지금 당장 모든 것을 내려놓고 여행을 떠나 보라는 말은 무책임할 수 있다. 하지만 적어도 자신이 상상만 해왔던 일에 도전했던 스토리를 하나쯤은 가지고 있는 것이 젊음에 대한 최소한의 배려가 아닐까 싶다.

　작은 스쿠터를 타고 영국에서 한국까지 약 20,000km 유라시아 횡단을 시작할 때 아무런 지식이 없었다. 모두 이런 나를 무모하다고 생각했지만, 여행을 무사히 마치고 돌아왔다. 이제 한마디 덧붙이고 싶다.
　무모하지만 무모하지 않은 도전!

　영국에서 프랑스로 가는 배를 탔을 때 유라시아 횡단이 시작되었다.

여객선 안의 승객 중에서 동양인은 나 하나였다. 낯선 동양인이 작은 스쿠터에, 그 스쿠터보다 더 큰 짐을 싣고 낑낑거리는 모습이 신기했던 모양이다. 내 몸보다 큰 짐을 가진 나를 신기한 눈빛으로 바라보았다. 하지만 나는 그들의 눈빛을 즐겼다. 내가 가지고 있는 짐보다 내가 가진 꿈이 더 컸기에…….

나는 영국에서 오토바이 수리공이었다. 많은 학생들이 어학연수 와서 아르바이트를 했지만, 오토바이 수리공은 나뿐이었다. 영국에 오기 전 스쿠터로 전국을 일주하며 스쿠터에 관심을 두게 되어 영국에서 오토바이 수리와 함께 장사를 시작하게 되었던 것이다. 이렇듯 타지에서도 조금만 시선을 돌리면 내가 즐기고 잘하는 것이 사업의 수단이 될 수 있다.

전문 여행가가 아닌 평범한 학생도 여행 스폰서를 만들 수 있다. 유라시아 횡단을 결심한 건 정확히 출발하기 두 달 전이었다. 수중에 가지고 있는 돈이라고는 유럽 배낭여행마저 못할 수준이었지만 여행을 하고자 하는 마음은 전문 여행가 못지않았다. 지금 와서 생각하면 어디서 그런 의지와 열정이 생겨났는지 아직도 의문이다. 수단과 방법을 가리지 않고 경비를 마련했다. 전문 여행가들이 기업의 후원을 받고 여행을 한다는 말에 150개 이상의 기업에 이메일을 보냈고 3개의 기업으로부터 스폰서가 되어주겠다는 연락을 받을 수 있었다.

유라시아 횡단을 할 때 스위스와 독일 국경 인근 마을에서 만난 피피와 로만의 배려로 비행장에서 하루를 지낼 수 있었다. 다음 날 그들의 경비행기를 공짜로 얻어 타고 알프스 산맥을 가까이서 보게 되는 행운까지 누릴 수 있었다. 천국의 마을에서 돈으로 살 수 없는 경비행기 알프스 산맥 투어를 했다.

이란 국경에서 스쿠터 문제로 여행 경비를 모두 써 버리고 내 블로그를 방문하던 얼굴도 모르는 네티즌들의 도움으로 무사히 지속적으로 여행할 수 있었을 때, 그 고마움이란! 아무리 힘들어도 죽으란 법은 없다고 생각했다.

80년 만에 찾아온 파키스탄 대홍수로 세계에서 가장 높은 길이라는 카라코람 하이웨이의 길이 잠기고 무너졌어도 그 앞에서 나는 다른 길로 돌아갈 수 없었다. 모두가 지나가길 포기했지만 죽을 고비를 숱하게 넘기면서 기어코 높고 험난한 카라코람 하이웨이를 무사히 지날 수 있었다. 이런 과정을 통해서 시련과 고통을 극복하는 기쁨을 배울 수 있었다.

기차 통로 바닥에 누워서 잠을 자봤는가? 중국을 가로지르는 48시간 입석 기차 여행은 인간의 한계를 느끼기에 충분했다. 밤이 되면 기차 통로에 누워 달리는 기차 엔진 소리를 들으며 잠을 자는데 매시간 찾아오는 카트 미는 승무원이 어찌나 미워 보이던지! 하지만 이런 고생을 전부 잊게 해준 왕징의 배려. 그는 기차에서 만난 대학생으로 나처럼 입석 승객이었는데 뭐든 나누어 주었다. 세상은 혼자 사는 것이 아니다. 함께하는 것이다.

이제 나는 중국 톈진天津에서 한국 인천항으로 향하는 배의 갑판 위로 올라간다. 처음과는 사뭇 다르게 스쿠터나 여러 가지 잡다한 장비는 없다. 단지 내 어깨 위로 가볍게 들려 있는 배낭 하나가 전부다. 거울에 비친 나는 출발 때와 180도 달라져 있었다.

길었던 머리는 짧은 빡빡이가 되었고 발톱에는 때가 꼬질꼬질 끼어 있었다. 도대체 어디를 그리 다녔는지 가늠할 수 없을 만큼 발등뿐만 아니라 얼굴과 팔, 다리, 온몸 전체가 구릿빛으로, 보기 흉하다기보다 아주 건장한 청년으로 보였다. 수많은 여행의 기억들을 담은 내 눈빛을 깜빡여 본다. 출발 때와 외모도 많이 달라졌지만, 무엇보다도 달라진 건 바로 내 눈빛이었다.

승객들이 승선을 모두 마치자 출발의 고동 소리가 울린다. 마치 영국에서 출발할 때를 상기시키듯 장소는 다르지만 같은 고동 소리였다. 입가에는 나도 모르게 미소가 살짝 지어졌다.

조용히 자리를 잡고 다이어리를 꺼내어 일기를 쓰다가 배의 옆쪽 갑판 위로 올라가 고개를 좌우로 돌려 바라본다. 이미 중국을 멀리 벗어나 노을 진 하늘과 바다 그리고 내 마음, 세상 모든 것이 붉게 물들어 있었다. 단지 바다 한가운데 그 적막을 깨는 듯이 배가 떠다니고 있을 뿐.

고개를 좌측으로 돌려 배의 선미를 보았다. 그 선미가 바다에 그리는 물결은 내가 여행하면서 겪은 추억만큼 출렁대고 있었다. 100일 아니 1년간 영국에서의 생활을 회상하며 스스로 위로해 주었다.

고개를 반대로 돌리니 마지막 여정인 한국으로 향하는 배의 앞쪽 바다는 조용하고 평온했다. 평평하고 평온한 바다에 그려질 앞으로의 내 인생이 기대되었다.

눈과 입으로 하는 여행은 여행이 아니라 관광이다.

'내가 왜 이런 여행을 했을까?' 생각을 해 보았다. 정확한 답은 없다. 하지만 누군가 일상에서의 일탈이었느냐고 물어본다면 그건 절대 아니다. 오히려 그 반대라고 말하고 싶다. '나를 조금 더 단단하게 만들기 위해서.' —그것이 오히려 정답에 근접한 것 같다. 자신의 미래에 대한 세밀한 설계와 확고한 다짐을 위한 마지막 육체적 모험을 감행하는 것— 이

것이 내가 생각하는 이번 유라시아 횡단 여행의 목적이었다.

처음부터 마지막까지, 이번 여행은 우여곡절도 기승전결도 아닌 절정 부분들로 가득했다. 여행 경비 한 푼 없이 시작하여 스폰서를 구하고 조그만 스쿠터로 출발, 타이어 펑크에, 기름이 없어서 수 킬로미터를 끌고 가야 했던 일까지…… 중동에서 여행 경비가 떨어져 온 사방에 SOS를 보냈던 일과 도움의 손길들…….

이제 와서 회상하니 제법 어려운 일들도 많았다. 지금은 책을 쓰고 나와 같은 대학생을 상대로 강연을 하면서 그들에게 희망과 열정을 나눠주고 있다. 나는 이 모든 모험과 도전을 지탱해준 한 가지 요소가 있지 않나 생각한다.

한 걸음, 내가 포기하기 직전에 내딛는 한 걸음에서 아이러니하게 모든 것이 결정될 때가 많다. 힘겨운 삶이나 여행의 과정에서 갑자기 모두가 나를 버린 듯 처절함이 몰려올 때가 있다. 이처럼 여행 중에 겪는 시련과 고난은 더 큰 시련과 역경을 이겨내기 위한 연습이라 생각했다. 인생에서 시련은 절대 끝나지 않기 때문이다. 단지 겉모습을 달리하면서 나타날 뿐. 단지 모험심과 열정을 잃지 않으려 노력할 뿐이다. 그것들이 아니더라도 여행이나 인생에서 포기만 하지 않으면 된다. 정말 가슴이 뛸 듯이 원한다면 도전하고 모험하라! 포기하지 말라! 이것이 이번 유라시아 횡단의 가장 큰 교훈이었다.

그대가 얼마나 가까이 갔는지 그대는 결코 모르리라,
가까이 갔지만 너무도 멀리 있는 것처럼 느껴지기에.
아무리 혹독한 시련이 닥치더라도 포기해서는 안 되리라.
최악의 순간이 닥쳐도 결코 포기해서는 안 되리라.
포기하지 말라.

—무명인

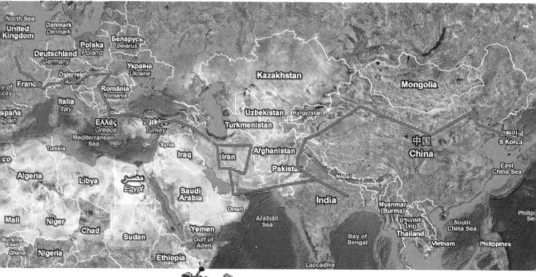

유라시아 횡단 경로

유럽 지역 여행 경로

중동 지역 여행 경로

아시아 지역 여행 경로

C·O·N·T·E·N·T·S

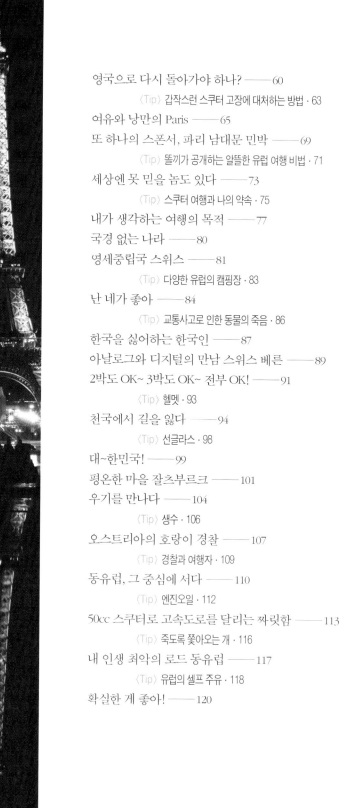

Part 3

진정한 여행이 시작되는 중동

Part 4

아시아의 매력에 빠지다

Part 5
아직 끝나지 않은 나의 여행

Part

1

내 멋대로 살 거야!

떠나는 청춘만이
인생 최고의 순간을 맛볼 수 있다.
— 권준오

나는야 '똘끼'

"그대는 그대를 잘 알고 있다고 생각하시나요?"

"당신은 누구신가요?"

평범하다면 지극히 평범했고 유별났다면 엄청난 질풍노도의 시기를 보낸 학창시절. 부모님께서는 학원 등록하는 것에서부터 모든 결정권을 나에게 주셨다. 하지만 그것에 맞게 책임감도 가르쳐 주셨다. 모든 결정은 스스로 내리되 그 책임 또한 나에게 있다는 것을 어릴 적부터 알려주신 것이다.

나의 '똘끼' 같은 20대여.
언제나 내 멋대로 하는 모습을 보고 친구들이 지어준 별명 똘끼. 대학교 동아리 '진짜 철학 연구회'라는 곳은 나에게 스스로를 다시 고민하게 만들었고 나아가 우리가 사는 사회를 고민하게 해 주었다. 20년 동안은 몇 권 안 되는 책을 읽었지만 대학 시절부터 장르 상관없이 닥치는 대로 책을 읽고 내가 내린 인생철학.
"모험을 즐기는 자가 혁명을 일으킨다."

군 전역 후 세운 짧은 계획은 세 가지였다.

첫 번째, 돈에 미쳐보는 것이다. 미쳐도 제대로 미쳐보자! 1년 동안 2천만 원을 벌겠다는 목적으로 아침 6시부터 다음 날 새벽 1시까지 맥도날드, 학원 강사, 과외, 목욕탕 청소를 1년 동안 했고 목표했던 2천만 원을 내 이름이 새겨진 통장에서 확인할 수 있었다.

다음으로는 스쿠터 전국 일주였다. 무더운 여름이 지나고 나무와 풀들이 초록색 옷을 형형색색의 옷으로 갈아입을 준비를 하는 9월, 포항에서부터 시계 반대 방향으로 출발했다. 스쿠터로 한 달간 텐트도 없이 비박하며 우리 나라를 한 바퀴 돈 후에 다음 계획을 실행하기로 다짐했다.

마지막 세 번째 계획은 1천만 원으로 1년간 외국으로 어학연수를 떠나는 것이었다.

kwon i ddol.ggi

Tip

20대, 1년 동안 2천만 원 벌기

　　보통 20대 남자들은 군 전역 후, 여자들은 대학교 2, 3학년에 경험을 쌓거나 모험을 하고자 휴학을 감행합니다. 그런 뒤 자신의 모험을 위해서 필요한 자금을 부모님에게 의지하거나 스스로 해결하는데요. 저는 자금을 스스로 해결한 경우입니다.

　　하고 싶은 것이나 갖고 싶은 것이 있으면 포기하지 않는 성격 탓에 중학교 때부터 각종 아르바이트를 했었습니다. 광고지 돌리기에서부터 공사장, 음식점, 심지어 발굴 작업까지 다양한 경험으로 사회생활을 맛보았죠. 그렇다면 제가 경험해본 것 중 20대가 하기 좋은 아르바이트에 대해서 간단히 나열해 볼까 합니다.

추천 아르바이트

1. 노가다 (육체적 피로-★★★★★, 정신적 피로-★☆☆☆☆, 급여-★★★★☆)

장점　　하루에 약 6~8만 원으로 돈이 비교적 많이 모입니다.

　　　　전문적인 지식이 없더라도 바로 일을 할 수 있습니다.

단점　　개인적으로 큰 단점이지만 아침 일찍 일어나야 합니다.

　　　　장기적으로 바라보기 어렵죠. (길어야 한두 달 정도)

　　　　육체적인 피로만 있을 줄 아는데 윗사람들(작업 대장)의 잔소리로 스트레스를

　　　　받습니다.

　　가장 현실적이면서 단기간에 돈도 많이 벌 수 있는 아르바이트로 손꼽히지만, 여자가 하기에는 벅차다는 느낌이 있죠.

2. 주유소 (육체적 피로-★★★☆☆, 정신적 피로-★★☆☆☆, 급여-★★★☆☆)

장점   몇 시간 동안 모든 작업을 배울 수 있을 만큼 전문적인 지식이 필요 없습니다.

               차가 없을 때는 사장의 눈치를 보며 공부를 하든지 기타 휴식의 시간이 되죠.

단점   일을 마치면 온몸에서 풍기는 기름 냄새가 떠나질 않습니다.

               주유기는 실외에 있으므로 날씨의 영향을 받습니다.

요즘에는 여자들도 많이 일하며 급여 또한 좋으므로 남녀노소 모든 대학생이 선호하는 아르바이트 중 하나로 손꼽히고 있습니다.

3. 패스트푸드, 레스토랑 (육체적 피로-★★★☆☆, 정신적 피로-★★☆☆☆, 급여-★★★☆☆)

장점   큰 회사일수록 복지 체계가 좋습니다. (4대 보험, 의료보험 등)

               일하는 모두가 젊은 층이므로 서로 간의 친목 도모에도 좋습니다.

               (단! 방심하면 돈 나가는 구멍이 될 수 있죠.)

단점   서비스직이므로 어느 회사에서는 외모를 중요시할 수가 있습니다.

               음식점이라면 먼저 보건소에 들러야 하는 번거로움이 있습니다.

               (면봉으로 하는 위생검사…)

인기 직종이며 스케줄에 맞추어 일하기도 수월해서 다른 일과 병행하기 좋습니다. 추가로 대형 할인점도 이곳에 포함하겠습니다.

4. 과외 (육체적 피로-★★☆☆☆, 정신적 피로-★★★☆☆, 급여-★★☆☆☆)

장점   육체적인 피로가 적어서 간단한 용돈 벌이로 가능합니다.

               시간적 여유로 다른 일과 병행할 수 있습니다.

               학습이기에 자신의 공부에도 도움이 됩니다.

단점   시간에 비하면 급여가 높은 편이지만 월급으로 따진다면 많지 않습니다.

               학생의 성적이 떨어지게 되면 학부모님 보기가 난감해지죠.

               학부모에 따라 급여 날짜가 부정확합니다.

육체적으로는 힘들지 않지만, 정신적인 스트레스를 어느 정도 감수해야 하는 직종입니다. 미대나 음대 같은 특별한 과목의 과외도 많아지는 추세입니다.

5. 경호, 보안업체 (육체적 피로-★★★★★, 정신적 피로-★☆☆☆☆, 급여-★★★★☆)

장점　　아무래도 몸을 쓰는 직종이니 체력관리로 신체를 단련할 수 있습니다.

단점　　육체적인 피로가 큽니다. (보안일 경우 대부분 삼교대이므로 피로가 더하고요.)

아르바이트보다 직업에 가깝다고 말할 수 있습니다. 그렇다고 해서 학생이라 못한다는 것은 아니죠. 보안업체는 관련 없지만, 경호업체에서는 조건이 필요합니다. 예를 들어 무술 단증이라든지 경호에 관련된 자격증들이 이에 해당합니다.

6. 학원 강사 (육체적 피로-★★★☆☆, 정신적 피로-★★★★☆, 급여-★★★★☆)

장점　　적은 육체적 피로로 많은 수익을 올릴 수 있습니다.

　　　　　가르치면서 스스로 공부가 되죠.

단점　　시험기간에 학생들 성적이 떨어지면 수습하는 데 많은 스트레스를 받습니다.

몇몇 학생들이 어학연수나 휴학 후 돈을 벌기 위해 학원 강사를 합니다. 하지만 무조건 똑똑해서 학원 강사를 할 수 있는 것은 절대 아닙니다. 요즘 아이들은 그저 지식이 많은 선생님과 잘 가르치는 선생님, 재미있는 선생님들을 구별하여 평가하는 아이들도 종종 있기 때문이죠.

7. 대학교 근로 장학생 (육체적 피로-★★★☆☆, 정신적 피로-★☆☆☆☆, 급여-★★☆☆☆)

장점　　학교의 일이므로 믿음이 가고 무엇보다 학교(교수, 학생)에서 자신의 이미지가 좋아질 수 있습니다.

단점　　급여가 적습니다.

학교 홈페이지 공지사항만 둘러보아도 근로 장학생 신청이 많습니다.

비추천 아르바이트

1. 편의점 (육체적 피로-★★★★☆, 정신적 피로-★☆☆☆☆, 급여-★★☆☆☆)

장점　　개인 시간이 많아서 공부를 하거나 책을 읽을 수 있습니다.

단점　시급이 적습니다.

　비추천 일자리로 편의점을 이야기했는데 가장 큰 이유는 시간 대비 가장 낮은 시급을 지급하는 일자리가 편의점이기 때문입니다. 어떤 곳은 최저임금보다 적게 주는 곳도 있으며 대부분 편의점이 24시간이라 야간에 하게 되면 생활 리듬에 좋지 않습니다.

2. 유흥 직업 (육체적 피로-★★★★☆, 정신적 피로-★★★★☆, 급여-★★★★★)

장점　젊은 나이에 엄청난 고수익을 올릴 수 있습니다.

　　　짧은 근무에 여유로운 개인 시간.

단점　밤낮이 바뀌어 생활 패턴이 달라지죠.

　　　매일 술과 담배의 영향으로 몸이 망가집니다.

　　　손님의 기분을 파악하고 분위기를 맞출 줄 알아야 합니다.

　누구나 한 번쯤은 상상했을 직종으로 술집을 말할 수 있습니다. 짧고 간단히 이야기하자면 "버는 동시에 쓴다"는 말처럼 고수익을 보장하지만 고지출도 보장됩니다.

　제가 1년 동안 2천만 원을 벌 수 있었던 기반은 학원 강사였습니다.

　학원 강사를 하면서 받은 첫 월급은 고작 100만 원. 1년 동안 열심히 일해도 2천만 원을 벌기에는 터무니없죠. 스스로 저의 가치를 올렸습니다. 수원에서 일했던 학원 강사 경험을 살려 포항에서 체계적이지 않았던 학원 시스템을 바꾼다는 PPT를 만들어 면접에 임했고 120이라는 월급으로 시작할 수 있었습니다. 학부모 상담 일지부터 체계적으로 만들면서 월급을 올려 나갔습니다. 학생들에게도 신경 쓰며 학원 전체 평균을 올리자 홍보를 하지 않아도 자연스레 학부모들의 입소문이 퍼졌죠. 그렇게 1년 뒤 120만 원으로 시작한 월급은 3배, 4배가 넘어갔습니다.

　부수입으로 오전에는 맥도날드에서 아르바이트를 했고, 오후에 학원을 마치면 과외를 하고, 새벽에는 목욕탕 청소로 악착같이 돈을 모았습니다. 1년 동안 충분한 잠을 못 잤어도 20년을 넘게 살면서 가장 뿌듯했던 1년이었죠.

　자신의 취미나 특기에 맞게 아르바이트를 찾는 방법도 좋다고 생각합니다.

스쿠터 전국 일주

두 번째 목표였던 스쿠터 전국 일주.

영국으로 어학연수를 가기 전 한 달간 나에게 휴가를 선물했다. 전국 일주는 다른 나라로 떠나기 전에 우리 나라부터 먼저 알아야 한다는 단순한 생각에서 시작되었다. 1년간 영국 어학연수를 마치면 유럽 배낭여행을 하겠다는 막연한 계획이 있었다. 한데 우리 나라도 제대로 모르면서 다른 나라를 여행하면 안 될 것 같았기 때문이다.

이번 여행의 목적은 앞으로 1년간 영국 생활을 어떻게 보낼 것인지에 대한 구체적인 목표와 계획을 세우는 것이다. 이처럼 나는 여행을 통해 고민하거나 결정해야 할 묵직한 목적 하나를 안고 출발했다. 목적이 여행지와 관련 없는 내 인생의 무엇인가 하나가 되어도 좋았다. 단지 눈과 입으로 즐기는 관광이 아닌 '여행'을 할 생각이었다.

값싼 중고 스쿠터를 산 후 전국 지도를 펼쳐놓고 매직펜으로 대한민국 호랑이 꼬리에 해당하는 포항시 위에서부터 해안 도로를 따라 시계 반대 방향으로 커다란 원을 그렸다.

설렘과 가벼운 마음으로 나 홀로 스쿠터에 시동을 걸었다. 특별한 목적지와 기간은 없었다. 단! 60만 원의 여행 경비와 영국생활을 계획하겠다는 목적은 있었다. 전국을 스쿠터로 일주하는 동안 버너와 코펠로 라면도 끓여 먹고 공원의 정자나 마을회관, 인근 교회, 심지어 길바닥에서 텐트 없이 침낭 하나로 밤을 보냈다.

경상도에서만 20년 넘게 살아왔기에 전라도 지역이 궁금했다. 그래서 전라도에서 되도록 오래 머물려고 노력했다. 그 중에서 전주와 광주는 아직도 나에게 잊혀지지 않는 여행지로 기억에 남아 있다. 전라도 마을 사람들의 후한 인심이며 음식 그리고 소박함…… 이것이 스쿠터 전국 일주를 하면서 느낀 점이었다. 그렇다고 경상도는 인심도 야박하고 음식 맛이 형편없다는 것은 절대 아니다. (더 이상 나쁜 지역 연고주의적인 생각은 없길 바라며.)

똘끼, 50cc 스쿠터로 유라시아를 횡단하다

알아두면 유용한 스쿠터 관련 사이트

이륜차 타고 세계 여행 (http://cafe.naver.com/motorcycletraveller)

회원수 4천 명의 규모로 매월 정기 모임을 가지는 등 회원 간의 교류가 활발합니다. 초점이 오토바이 여행인 사이트이므로 여행을 위한 세부적인 준비사항과 여러 경험자의 조언, 여행기 등을 볼 수 있습니다.

Horizons Unlimited (http://www.horizonsunlimited.com)

세계 최대 규모의 오토바이 여행 사이트로 유라시아 횡단을 하면서 많은 정보를 얻은 외국 사이트입니다. 영어로 되어 있는 단점이 있지만, 어느 사이트보다 오토바이 여행에 관련된 많은 정보로 넘쳐나는 곳입니다.

Knopf Tours (http://www.knopftours.com)

오토바이로 유럽 여행을 하려면 반드시 그린카드라는 보험에 가입해야만 합니다. 일종의 환경에 관련된 보험이라고 생각하시면 되는데 독일에 있는 회사입니다. 유럽의 다른 국가에도 여러 회사가 있으며 직접 찾아가지 않고 이메일과 계좌이체만으로 가입할 수 있어 편리합니다.

홍진HJC (http://www.hjc-helmet.com)

한국 오토바이 헬멧 회사로 국내뿐만 아니라 외국에서 더욱 인지도가 높은 기업입니다. 모터사이클 경주를 할 때 홍진크라운 헬멧을 쓰고 달리는 선수들을 종종 볼 수 있는데요. 그만큼 좋은 성능이니 가격은 조금 부담이 될 수 있습니다. 소중한 자신의 머리를 보호하기 위해 이 정도 투자는 필요하겠죠?

24살의 선택, 영국

You 다음 왜 are을 붙여야 하는지도 모르는 내가 혼자 영국이라는 곳에 도착하고 보니 생활 자체가 쉽지 않았다. 픽업도 없이 런던 히드로 공항에서 남쪽에 위치한 브라이튼Brighton까지 가는 데 한참을 헤맸던 기억이 아직도 생생하다.

처음부터 고삐를 당겨야 했다. 1년 학원비와 왕복 항공권료를 지불하고 영국에 도착했을 당시 수중에는 달랑 100만 원만 남았기 때문이다. 일자리를 구하기 위해 노력했지만, 대화가 안 된다는 이유만으로 나를 받아주는 가게가 없었다. 결국 나는 당장 죽이 되든 밥이 되든 일자리부터 구하기 위해 영어 공부를 했다. 하루에 18시간씩 두 달 정도 영어에 매진하면서 생활비를 아끼기 위해 빵 하나로 하루를 버틴 적도 있다.

포기하지 않고 절박하면 이루어진다 했던가?

"자네 참 끈질기군!"

생활비가 모두 떨어진 마지막 주에 일자리를 구할 수 있었다. 그 후로 가방 장사와 오토바이 장사로 생활이 점점 나아졌다. 그렇게 나름대로 보람된 어학연수 생활을 보냈고 시간이 흘러 다시 내 마음이 내 몸을 지배하는 순간이 다가왔다.

1천만 원으로 1년 영국 어학연수 생활기

1년 학원비 (학원비+1달 홈스테이) = 5,887,469원
비자 신청비 (서류+신청비)   = 337,000원
왕복 비행기 (+두바이 스탑오버)   = 1,465,000원
유학생 보험   = 271,000원

─────────────────────

합계   = 7,960,469원

1년 영국 어학연수를 위해 꼭 필요한 것들과 사적으로 필요한 노트북과 기타 필수품을 구매하니 대략 900만 원이라는 거금이 필요했습니다. 다행히 1달간 홈스테이로 여유가 있었지만, 영국에 도착한 첫 달부터 영국 생활에 적응하기보단 값싼 방과 일자리를 알아보는 데 집중해야 했죠. 3개월 동안 힘든 영국 생활을 보내고 다행히 일자리를 구했습니다. 하지만 아르바이트만으로 충당되지 않는 살인적인 영국 물가 때문에 나름 머리를 굴린 것이 장사였습니다.

영국 유명 브랜드 가방을 사서 인터넷으로 팔아 이윤을 남겼고, 기계공학과의 얕은 지식으로 평소 관심 있었던 오토바이를 이용하기로 했습니다. 중고 오토바이를 구매해 적당히 수리와 튜닝을 하고 되파는 식으로 이윤을 남겼습니다. 영국 생활 처음에는 방값, 세금, 생활비를 합쳐 한 달에 300파운드 정도로 아끼고 절약하며 살다가 영국 생활을 마칠 즈음엔 한 달에 700에서 1,000파운드를 썼다는 말은 그만큼 벌기도 했다는 의미겠죠.

특별하게 능력이 있어서 장사하고 돈을 버는 것이 아니라고 생각됩니다. 자신이 좋아하거나 관심이 있었던 것이 뭔지 생각하고 그것을 장사로 연관시킨다면 타 국가에서도 충분히 가능하답니다. 장사하면서 돈도 벌었지만, 무엇보다 뭔지 혼자 해결해야 하므로 영어 향상에 큰 도움이 되었습니다.

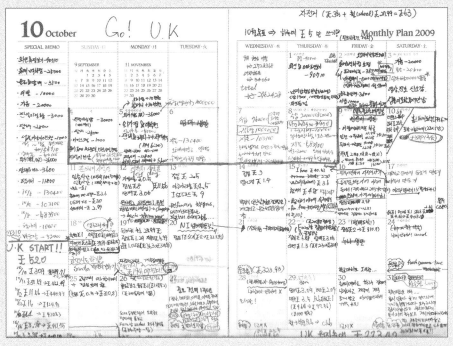

영국에서 생활할 때의 다이어리.

정말 간절히 원한다면 실천하라!

영국에서 생활하는 동안 오토바이를 수리해주고 판매도 하면서 가끔 가까운 곳으로 여행했다. 그러면서 스쿠터로 우리 나라 전국 일주를 했던 기억이 떠올랐고 가슴 한편에 문득 유라시아 횡단이 가능하지 않을까 하는 생각이 들었다. 무의식에서 본능적으로 움직이고 있었던 것이다. 사실 스쿠터 전국 일주를 하면서 '어학연수가 끝나면 스쿠터를 타고 영국에서 한국까지 오면 어떨까?'라는 막연한 생각을 한 적이 있었다.

"그래! 한국까지 스쿠터를 타고 가는 거야!"

영국 생활의 모든 것을 중단하고 스쿠터 유라시아 횡단을 결심한 뒤 가능한 모든 자료와 정보를 모으기 시작했다. 가장 문제가 되는 것이 아무래도 여행 경비였다. 학생이면 누구나 그렇듯이 그놈의 돈이 문제다! 수단과 방법을 가리지 않고 경비를 마련하다 보니 전문 여행가들이 기업 스폰서의 도움을 받고 여행한다는 말이 문득 생각났다. '내가 기업 스폰서를 만들 수만 있다면?'

외국에 나와 있으니 한국 기업에 직접 전화도 할 수 없는 악조건이었다. 그럼에도 날마다 유라시아 스쿠터 횡단과 연관된 기업이 있으면 스폰서 제안 이메일을 보냈다. 그렇게 한 달이 지나고 대략 150개 이상의 기업에 이메일을 보냈다.

정말 간절히 원한다면 포기하지 말라고 했던가?

안녕하세요. 권준오님.

젊은 날, 열정과 패기로 줌머에 몸을싣고 유라시아 횡단에 나서시는 용기에 박수를 보냅니다.
구체적으로 어느 정도의 금액을 스폰서쉽 받고자하시는지 알려 주셨으면 합니다.
저희 HJC 또한 도전과 창의 정신으로 성장해온기업입니다. 이에 부응해 권준오님의 제안을
긍정적으로 검토중이니 회신 기다리겠습니다.

김 준호 배상.

TONY KIM
Manager
Quality Support Team

HJC corp. /HQ
54-2, Seo-ri, Idong-myeon, Cheo-in-gu,
Yongin-si, Gyeonggi-do, Korea
T e l : 82-31-333-5451(Ext 62)
F a x : 82-31-339-5513
Mobile : 82-10-9113-5056
E-mail : tony@hjc-helmet.com

한국 오토바이 헬멧 기업인 'HJC'로부터 이메일을 받았다. 그리고 여기저기서 연락이 오기 시작했다. 한국뿐만 아니라 영국, 미국, 캐나다, 일본에서도 영어로 스폰서 제안이 들어왔고, 누가 들어도 놀랄 만한 제안을 받은 적도 있었다. 또한, 영국 신문에 인터뷰와 사진이 실리는 영광까지 얻게 되었다.

최종적으로 영국에서 다니던 학원 'Regency college'와, 여러 유학 에이전시에서 불가능하다던 나의 영국 어학연수를 가능하게 해준 '렛츠유학', 마지막으로 유일하게 여행과 관련된 헬멧 기업 'HJC' 이렇게 3개 기업으로부터 후원을 받을 수 있었다.

기업 스폰서로 여행 경비가 해결되자 나머지 계획들은 일사천리로 진행되었다. 여행 루트와 준비물, 그리고 오토바이 관련 서류들을 구비하느라 하루를 초 단위로 쪼개어 썼다.

마치 무언가에 미쳐 있는 또 · 라 · 이처럼……

What a trip home

A DARING student is to ride his scooter from Sussex to South Korea.

Junoh Kwon, above, will say his goodbyes to his friends in Brighton and Hove before embarking on the 6,000-mile ride home that will take him up to four months.

He said: "I wanted to do something different. I got bored with studying in Korea and decided to do some travelling."

The 23-year-old has been studying English for the past seven months at the Regency College in Hove, which will sponsor his journey. The route will take him across mainland Europe, the Middle East and Asia before arriving in South Korea.

Junoh said: "I've had a great time here." Mary Silver, the college's centre manager, said: "He's quite a character and we will miss him a lot."

최종적으로 영국에서 다닌 학원 'Regency college' 와, 여러 유학 에이전시에서 불가능하다던 나의 영국 어학 연수를 가능하게 해준 '렛츠유학' , 마지막으로 유일하게 여행과 관련된 헬멧 기업 'HJC' 이렇게 3개 기업으로부터 후원을 받을 수 있었다.

영국 신문에 인터뷰와 사진까지 실렸다.

나도 받을 수 있다! 기업 스폰서

하나. 상상하라!

우선 내가 어떤 여행을 할지, 목표가 무엇인지, 즐겁게 상상합니다. 상상만큼 즐거운 여행은 없습니다. 여행하면서 겪게 될 수많은 에피소드들과 그 에피소드 중에서 만나게 될 새로운 사람들. 어떤 여행을 하든 여행에서 빠질 수 없는 것이 길 위에서 만나는 사람입니다. 출발에 앞서 상상하는 모든 것들이 열정으로 고스란히 남습니다. 열심히 상상하고 꿈꾸세요.

둘. 계획하라!

스폰서를 받기로 한 여행이라면 가장 중요한 부분이라 말하고 싶습니다. 이제 상상만 했던 여행을 세밀하게 계획해 보세요. 그리고 차근차근 정리해 보세요. 마치 하나의 프로젝트 기획안처럼 작성하시면 됩니다. 마지막으로 작성한 기획안을 스폰서를 위한 제안서로 만드는 것입니다. 제안서는 기획안을 보기 쉽게 한 장이나 두 장으로 함축시키는 것입니다. 제안서를 아무리 멋지게 작성했더라도 기업에서는 많은 글을 읽어줄 시간도, 여유도 없기 때문입니다. 줄이세요.

제안서는 기업을 상대로 물질적인 것을 요구하는 것입니다. 그렇기 때문에 가장 기본적으로 스폰서를 위한 목적과 조건이 담겨 있어야 합니다. 쉽게 말해 '당신이 스폰서가 되어주면 나는 당신을 위해 이것을 해주겠다' 는 식이죠. 최대한 많은 정보를 수집하고 작성하세요. 세상에 공짜란 없습니다.

셋. 접촉하라!

제안서가 완료되었으면 이제부터 리스트를 작성합니다. 내 여행과 관련이 있는 스폰서가 될 만한 기업을 미리 추려보는 것이지요. 예를 들어 스쿠터 여행이면 스쿠터 회사, 자전거 여행이면 자전거 회사, 등산이면 등산복 브랜드 등으로 가능성이 높은 기업에서부터 리스트를 작성합니다.

다음으로는 본격적으로 연락합니다. 가장 포기가 높은 시점이죠. 처음이 중요합니다. 어떻게 이메일을 작성할까?, 만나서는 어떻게 이야기를 꺼낼까?

목적과 의견을 분명히 밝히고 핵심만 간단히 하라는 말도 필요하겠지만, 무엇보다 중요한 것은 자신감입니다. 자신 있게 기업과 접촉하세요. 저는 150개 기업에 이메일을 보내 고작 3개의 기업으로부터 후원을 받았습니다. 즉, 147개의 기업에서 안 된다는 통보를 받은 것이죠.

연락하는 방법은 크게 3가지로, 직접 방문, 전화 연결, 이메일이 있습니다. 가장 효과적인 방법이 직접 방문 〉 전화 연결 〉 이메일이라 볼 수 있지만, 아무런 예고 없이 직접 방문하는 것은 자칫 예의에 어긋나는 행동으로 보일 수 있습니다. 그리하여 가장 좋은 방법으로는 전화 연결입니다. 저는 영국에서 스폰서를 구할 수밖에 없는 제한이 있었기에 전화보다는 이메일을 이용했습니다. 전화 연결 방법은 비교적 간단합니다.

1. 수화기를 들어 114에 전화하고 해당 기업 전화번호를 부탁합니다.
2. 기업 홍보팀 연결을 부탁합니다. 이유를 물으면 간단하게 설명합니다.
3. 홍보팀에 연결되면 미리 준비한 멘트를 하고 질문에 간단히 대답합니다.
4. 가능하면 만나서 설명하고 싶다고 어필합니다. 직접 만나는 것만큼 효과적인 게 없거든요.

기업마다 똑같이 10번 이상만 한다면 첫 멘트와 상대방의 말투만으로 대략적인 느낌이 옵니다. 내공이 쌓이는 것이지요. 또한, 연락을 지속적으로 하고자 하는 기업이나, 검토 후 연락을 준다는 곳이 있다면 주저 말고 지속적인 연락을 먼저 하세요. 간단히 말하면 눈도장을 찍는 거죠.

여기서 가장 중요한 부분이 다시 말씀드리지만 자신감이죠. 당당하게 전화를 하고 꼭 이곳에서 스폰서십을 받아야 하는 이유를 어필합니다. 하지만 받지 못해도 좌절할 필요는 없습니다. 어떻게든 스폰서십을 받을 수 있다는 자신감을 가지세요!

마지막으로 기업에서도 회의와 결제가 될 때까지 많은 시간이 요구됩니다. 시간상으로 충분한 여유가 필요합니다.

넷. 행하라!

스폰서를 구했다면 이제 본격적으로 여행을 준비하고 실행하면 됩니다. 중요한 것은 스폰서와 어떤 약속을 했는지 필요한 요구사항을 꼭! 기억하세요. 저 같은 경우는 개인 블로그에 실시간 여행기를 올리는데 여행기 아랫부분에 스폰서 링크를 작성하기로 약속했습니다. 항상 여행기를 올릴 때마다 확인해야 했던 부분이죠. 스폰서십을 받았다고 전부가 아닙니다. 기업에서 열정을 보고 지원을 해주었다면 그만큼 신뢰를 줘야 한다고 생각하기 때문이죠.

마지막으로 어떻게 보면 가장 힘든 부분이라 생각되지만 지속적인 홍보가 중요합니다. 여행이 끝났다고 그 기업과 끝이라는 생각을 하지 말고 처음 스폰서를 수락받았던 기쁨과 고마움을 기억하고 지속적으로 홍보하는 자세를 가진다면 좋겠습니다.

이제, 우리 같이 상상해 볼까요?

똘끼의 나 홀로 스쿠터 유라시아 횡단

유라시아 횡단 여행 여정

영국-프랑스-스위스 -이탈리아-오스트리아-슬로베니아-크로아티아-보스니아-세르비아-마케도니아-그리스-터키-이란-파키스탄-인도-방글라데시-미얀마-타이-캄보디아-라오스-베트남-중국-한국 (상황에 따라 루트가 변경될 수도 있음.)

여행 거리 ― 최소 18,000km

출발 ― 5월 17일 (확정), 도착 예정일 ― 8월말 ~ 9월초

예상 여행 경비

예상 하루 소비액 1만 원(+기름) total ― 1,500파운드+a (300만 원+a) 약 400만 원, Ex), 기름(100만 원-연비 최소 50km/1L), 하루 용돈(5000원), 기타 여행 전 준비(50만 원), 국가 예상 통과비(50만 원), 배·비행기(50만 원)

여행의 목적

미래에 대한 확고한 진로 다짐하기(현재 나의 꿈을 위해서 조금 더 구체적으로 계획을 세우기)

여러 나라의 문화를 보고 이해하기(유명 장소보다는 일상생활을 볼 수 있는 소박한 장소를 찾아가기)

50cc의 작은 스쿠터로도 세계 일주가 가능하다는 현실을 알리기

준비물

스쿠터(Honda zoomer 50cc), 목장갑, 버프, 오토바이 우의, 헬멧, 깃발(태극기), 오토바이 수리 장비, 장갑, 예비 기름 pt, 침낭, Sleeping 매트, 텐트, 카메라 2대(DSLR-D80, Samsung), 삼각대, 카메라 가방, 카메라 청소도구, SD카드, SD카드 리더기, USB, 외장 하드, 충전기(카

메라, 휴대폰, MP3), 건전지(전등용), 전등, 지도, 나침반, 읽을 책 1권(철학과 굴뚝청소부), 다이어리, 필기도구(샤프, 지우개, 볼펜, 수첩), 양말(5), 팬티(5), T셔츠(긴 2, 반 3). 신발(고어텍스 등산화, 슬리퍼), 바람막이, 바람막이 바지, 바지(바지 1, 반바지 1), 트레이닝 1벌, 모자, 비니, 버너, 코펠, 수저, MP3, 휴대폰, 응급약품(소화제, 감기약, 몸살, 설사약, 밴드, 붕대, 연고, 벌레퇴치용), 세면도구(비누, 치약, 칫솔), 스킨 · 로션, 선크림, 수건(2), 휴지, 시계, 손수건, 손목 보호대, 라이터, 칼, 케이블 타이, 고무링, 예비 비닐, 백 팩, 크로스 백, 오토바이용 사이드 백, 가방용 우의(백 팩, 카메라 가방), 지갑(카드, 여권, 국제면허증), 서류(보험, Green card insurance, Carnet, 어문여행계획), 물병, 끈(빨래, 예비 짐 고정용)

스폰서 수칙

1. 운영하고 있는 http://blog.naver.com/kwonddolggi 웹사이트에 여행기에 대한 모든 내용 마지막에 스폰서라는 헤드라인을 달 것. (한국 귀국시 개인 도메인으로 변경 예정)
2. 한국에 도착하면 스폰서 기업 본사에 들러 감사의 표시와 인터뷰가 가능하다면 인터뷰도 가질 것.
3. 각종 매거진에 인터뷰시 가능하다면 나의 스폰서를 넣어줄 수 있는지 물어볼 것.
4. 한국으로 돌아가서 일단 확정적인 사진 전시회에선 나에게 권한이 어느 정도 있으니 협찬에 대한 홍보를 할 것이며 기업에서 시간이 가능하다면 초대도 할 것. 그리고 책을 출간하게 된다면 책자 마지막 부분에 스폰서를 포함할 수 있다면 하도록 노력할 것.
5. 여행 중 만에 하나 사고나 포기로 인하여 바로 한국으로 돌아간다면 그 뒤로는 받았던 모든 스폰서 여행 경비를 돌려드릴 것을 약속할 것.
6. 마지막 건은 약속할 수 있을진 모르겠지만 여행을 마치고 일상적인 생활을 하고 있더라도 스폰서가 되어준 기업의 홍보를 계속 할 것.

5월							6월						7월				8월						
17	18	19	20	21	22	23	1	2	3	4	5	6	1	2	3	4							1
영	프랑스						크로아티아			보스니아			파키스탄										
24	25	26	27	28	29	30	7	8	9	10	11	12	13	5	6	7	8	9	10	11	2	3	4	5	6	7	8
스위스	오스트리아			슬로베니아			세르비아			마케도니아			파키스탄								미얀마			태국			
31							14	15	16	17	18	19	20	12	13	14	15	16	17	18	9	10	11	12	13	14	15
							그리스			터키			인도								라오스			베트남			
							21	22	23	24	25	26	27	19	20	21	22	23	24	25	16	17	18	19	20	21	22
							이란						인도								중국						
							28	29	30					26	27	28	29	30	31		23	24	25	26	27	28	29
							이란						방글라데시								한국						

Dear Sir or Madam.

My name is Jun Oh. Firstly, I would like to introduce my self.
I'm 23 years old, from Korea. I have studied English for 7 months in Brighton, the UK.
I was going to finish my studies in August, but I decided to go back to Korea by motorbike,
therefore I have made a decision to finish my course earlier.
I will start the trip at the 17th of May. I will possibly cross the UK – France – Switzerland – Austria
– Slovenia – Croatia – Bosnia – Serbia – Macedonia – Greece – Turkey – Iran – Pakistan – India –
Bangladesh – Burma – Thailand – Laos – Vietnam – China – Korea.
For that reason, I would like to ask if you would be interested in sponsoring me. Obviously, I need
to find some sponsorship because I'm just a student therefore I don't have a lot of money, although
I will definitely try to do the trip even if I can't find any sponsorship. If you are interested in
sponsoring me, I will do everything; when I upload my motorcycle diary web-site, which is quite a
popular blog in Korea, you will see your company's name as sponsor below the headline on my
website.
Additionally, when I have a contract with a Korean publishing firm for the book of this trip, I will put
your company's name in the book.
I will save what money for the trip I can. I will sleep in my tent and I will cook for myself and so
have estimated the total cost of the trip to be approximately £2000(I would like to take about £500
from you). Finally, any amount of money that you could donate would be really helpful and fantastic
for me. If you would like to see me or talk to me, just let me know, I will be available any time that
is convenient for you. I look forward to hearing from you.
Yours faithfully,.

This will probably be my route.

Web site – http://blog.naver.com/kwonddolggi
Mobile Phone no – 07564029511.

Good bye, UK

스쿠터 정비, 여행 루트, 일정, 준비물 들을 마무리했다.

모든 준비는 끝났다.

대학생활과 군대에서 계획한 꿈을 위해 나설 때가 되었다. 내 인생에서 우리 나라 스쿠터 일주 다음으로, 마지막이 될지도 모르는 스스로에 대한 무모한 육체적 모험이 시작된 것이다.

송별 파티를 위해 스페인 친구인 크리스티나의 집에 모였다. 술로 헤어짐의 아쉬움을 달래고 격려도 받았다. 친구의 친구가 섞여 정신없이 시끄러운 음악으로 가득 채워진 방. 콜라와 보드카가 적당히 섞인 잔을 손에 들고 음악 소리가 새어나가는 창 밖을 바라본다. 그간 우여곡절이 많았던 영국 생활을 돌이켜보고 앞으로 유라시아 횡단을 하며 겪을 여러 가지를 상상하며 설렘과 두려움의 중간인 애매모호한 전율을 느낀다.

Cristina :
"미쳤어! 넌 분명히
가다가 돌아올 거야!!"

Mert :
"내 룸메이트! 너를 만난 것이
내 인생에 행운이었어!
행운을 빌어!!"

Sibel :
"터키 오면 꼭 연락해.
내 남편이 너를 기다릴 거야."

Estrellita :
"여행 꼭 성공하고 다음에
멋진 사람이 되어 꼭! 다시 보자!"

Vanessa :
"우리 먼저 정신 병원부터 가보자.
난 네가 어떤 생각으로
사는지 궁금해!"

Azreen :
"헤이~맨! 돈이 없어서
그런 거라면 내가
비행기 값 줄게!"

유민 :
"야!? 포항! 한국에 나보다
두 달이나 먼저 출발하는데
나보다 늦게 오는 거 아냐?"

Nikkita :
"작은 체(게바라)~!!
넌 우리의 영웅이야!"

Kiara :
"너를 조금 더 일찍
알았더라면 좋았을 텐데.
유명해지면 나 절대 잊지 마!?"

정식 :
"형 가면 백방(분명히) 도중에
포기하고 비행기 타고 간다!
내(나)랑 내기 할래요?"

Toby :
"우리 학원에 이런 학생이
들어온 걸 축복이라 생각하네.
조심해서 돌아가게나."

승목이 형 :
"가다가 힘들거나 돈 없으면
연락해라. 그 정도는
형이 해줄게."

2010년 5월 18일 아침 7시.

출발 당일이라 그런지 이른 아침부터 눈이 떠진 나는 스쿠터에 오토바이 가방, 텐트, 침낭, 배낭, 가장 중요한 그리고 자랑스러운 태극기를 꽂고 마지막으로 헬멧을 눌러쓴다. 뒤를 돌아 학원을 한번 바라본다.

이번 여행에 스폰서로 자청해서 지원해주신 학원 원장이 학생들에게 시켰는지 Regency college의 모든 친구가 밖으로 나와 나를 향해 손을 흔들어 준다. "아씨, 쪽팔려."

마침내 약 20,000km의 유라시아 횡단을 위한 첫 시동을 걸었다.

"부릉~~!!"

스쿠터 여행 준비물

유라시아 횡단에 필요한 것들로
최소한 작게 꾸려놓은 짐.

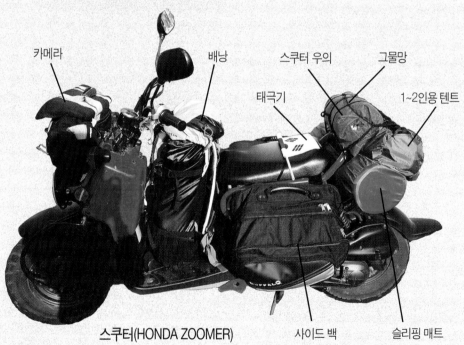

카메라   배낭   스쿠터 우의   그물망

태극기   1~2인용 텐트

스쿠터(HONDA ZOOMER)   사이드 백   슬리핑 매트

여행 준비물

목장갑, 버프, 오토바이 우의, 헬멧, 태극기, 오토바이 수리 도구, 가죽 장갑, 예비 기름통, 침낭, sleeping 매트, 텐트, 카메라 2대(DSLR-D80, Samsung), 삼각대, 카메라 가방, 카메라 청소도구, SD카드, SD카드 리더기, USB, 외장 하드, 충전기(카메라, 휴대폰, MP3), 건전지(전등용), 전등, 지도, 나침반, 읽을 책 1권(『철학과 굴뚝청소부』), 다이어리, 필기도구, 수첩, 양말(5), 팬티(5), 티셔츠(긴2, 반3), 신발(등산화-고어텍스, 슬리퍼), 바람막이, 우의 바지, 바지(바지1, 반바지1), 트레이닝 1벌, 모자, 비니, 버너, 코펠, 수저, MP3, 휴대폰, 응급 약품(소화제, 감기약, 몸살, 설사약, 밴드, 붕대, 연고, 벌레 퇴치용), 세면도구(비누, 치약, 칫솔), 스킨·로션, 선크림, 수건(2), 휴지, 시계, 손수건, 손목 보호대, 라이터, 칼, 케이블 타이, 고무링, 예비 비닐, 백 팩, 크로스 백, 오토바이용 사이드 백, 가방용 우의, 지갑(카드, 여권, 국제 면허증), 서류(보험, Green card insurance, Carnet, 기타 서류), 물병, 끈(빨래, 짐 고정용)

Part
2
두려움 반 설렘 반, 출발!

인생은 짧은 이야기와 같다.
중요한 것은 그 길이가 아니라 가치이다.
— L. A. 세네카

내 스쿠터는 50cc

제조사 — HONDA
모델명 — ZOOMER
연비 — 1리터당 75km
수랭식 4사이클, 49cc

스쿠터 여행을 앞두고 인터넷 검색을 하던 중 유일하게 최소 단위인 125cc 스쿠터로 유라시아 횡단을 했던 사람을 찾을 수 있었다. 그래서일까? 뭐든 청개구리 근성인 나는 좀더 과감하게 50cc로 유라시아 횡단을 하기로 결심했다. 물론 그 계획엔 문제가 많았고 주위에서도 크게 만류했다. 키다란 오토바이여도 유라시아 횡단을 하기엔 엄청난 준비가 필요한데 고작 아이들이 타고 놀 만한 자전거처럼 생긴 줌머라는 녀석은 평지에서 최고 속도가 60km/h라니…… 만약 경사가 높은 언덕이라도 나온다면 15km/h가 못 미칠 때도 종종 있다.

"그래! 이놈으로 대륙 횡단을 한다면……"

영국 뉴헤븐에서 프랑스 디에쁘라는 도시까지 스쿠터를 배에 싣고 가기 위해 여객터미널로 향했다. 표를 확인하고 뒤쪽으로 줄을 서서 주위를 둘러본다.

건빵 바지를 입고 바닥에 다리를 편히 뻗은 채 한 손에는 언뜻 봐도 오래 된 낡은 책을 손가락에 끼워 들여다보는 남자가 눈에 띄었다. 영국의 봄햇살을 피해 비니를 눌러쓴 남자. 얼굴만 보아도 '난 보헤미안입니다' 라는 이미지가 자연스럽게 떠오르게 하는 젊은 자전거 여행자였다. 그도 내가 신기해보였는지 아니면 이상했는지 빤히 쳐다보더니 피식 웃어 보이며 이내 책을 덮고 나에게 다가와 말을 건넸다.

"너 왜 자꾸 쳐다봐?"

"책 읽는 모습이 너무 자유롭게 보여서 계속 보게 되었어."

(피식~)

"자전거로 여행하나 봐?"

"응~! 머나먼 여행을 하려고."

이름이 조라는 이 친구는 영국 출신으로 마리화나와 음악에 미쳐 살았던 것이 20대 후반이 되어서야 후회가 되었다고 한다. 그래서 자신을 알아가고 싶다며 자전거에 텐트 하나만 싣고 끝을 알 수 없는 여행을 바로 오늘 시작하게 되었던 것이다.

조라는 친구는 내 여행이 궁금한지 여러 가지를 물어보았고 나도 내 여행에 대하여 이야기를 들려주었다.

"영국에서 한국까지!? 이 작은 스쿠터로? 미쳤어!? 진심이야?"

여행을 시작하기 전부터 이런 질문과 말을 하도 많이 들어서인지 이젠 익숙해졌다.

스쿠터 세부명칭

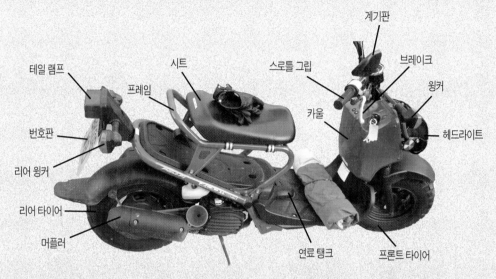

테일 램프
프레임
시트
스로틀 그립
계기판
브레이크
윙커
번호판
카울
헤드라이트
리어 윙커
리어 타이어
머플러
연료 탱크
프론트 타이어

나침반과 지도만으로

유럽에서 오토바이 여행을 하는 사람들을 보면 핸들 중앙에 저마다 GPS나 내비게이션이 장착된 바이크를 타고 있는 것을 볼 수 있다. 하지만 나는 유럽을 지나 아시아 대륙의 동쪽 끝에 있는 한국까지 나침반과 지도만으로 가려고 한다. 물론 가장 큰 이유는 여행 경비를 아끼기 위해서이다. 하지만 그저 내비게이션이 말해주는 길로만, 정해진 길로만 달리고 싶지 않기 때문이기도 하다. 물론 철저한 계획도 없었지만…… 달리다가 호기심이 생기는 길목이 있으면 지도를 덮고 무작정 그 길로 향하는 것이다. 마치 우리가 사는 인생처럼…….

가다가 길을 잃어도 괜찮다.
굳이 정해진 길이란 없기 때문이다.

Tip

세계 어디든지 길 찾는 방법

여행 중 길을 잃었나요?

걱정하지 마세요. 길은 어디로든 연결되어 있으니까요. 장난치는 것이 아닙니다. 길을 잃었을 땐 이런 말로 썰렁한 농담 정도(?) 할 수 있는 여유가 있어야 하니까요. 긴장하지 마세요! 그리고 현재 위치를 파악하세요. 방법은 여러 가지입니다. 가장 좋은 방법이야 내비게이션이나 GPS 등의 IT 기술을 이용하는 것이지만 그런 것이 없더라도 괜찮습니다.

나침반을 이용하는 거죠. 그리고 지도가 필요합니다. 나침반을 평지에 두고 북쪽을 확인합니다. 그리고 지도의 윗부분이나 지도에 보이는 북쪽을 현재 나침반이 가리키는 방향과 동일시한 뒤 지금 위치와 내가 가야 할 도착지를 확인하고 그 길을 따라 펜으로 표시합니다.

현재 위치는 가까이 있는 건물이나 지하철역을 확인, 혹은 현지인에게 물어보는 것이 가장 확실하죠. 하지만 아무것도 없는 황량한 도로 위라면 우선 도심으로 이동하거나 도로 위의 표지판을 이용합니다. 표지판에 보이는 도시를 확인하고 대략적인 자신의 위치를 확인하는 것이죠.

나침반까지 없다고 가정하더라도 가능합니다. 이건 군대에서 배웠고 실제로 훈련병들에게 가르친 방법인데요. 뭐든지 일단 방향을 알아야 하므로 자연현상을 보고 대략의 방위를 알 수 있습니다.

자연현상을 이용한 방위 확인 방법 (북반구 기준)

0. 지도가 있을 경우— 지도상의 지형지물과 실제 지형지물 방향을 일치시켜 대략적인 방향을 알 수 있습니다.

1. 막대기 그림자를 이용한 방법— 1m 가량의 막대기를 꽂아 놓고 그림자가 형성된 부분을 길게 그어둔 다음 약간의 시간이 지난 뒤 다시 그림자 길이만큼 선을 그었을 때, 최초에 그은 선의 위치에서 새로 그어진 선의 위치로 이동되는 방향이 동쪽입니다.

2. 별자리를 이용한 방법— 북두칠성을 찾고 국자 모양의 북두칠성 손잡이를 잡았을 때 주걱의 경사면이 향하는 방향으로 주걱 폭 약 5배 정도의 거리에 있는 큰 별이 북극성이며, 북극성은 북쪽을 가리키는 별자리입니다.

3. 시계와 태양을 이용한 방법— 시계의 시침과 태양의 방향을 일치시킨 뒤 시침과 12시 방향의 중간지점으로 향하는 방향이 남쪽입니다.

4. 나무숲을 이용한 방법— 잎사귀가 많이 우거진 쪽이 남쪽이고 상대적으로 줄기가 많이 보이는 방향이 북쪽입니다.

5. 나무 나이테를 이용한 방법— 나무의 나이테를 보면 가장 조밀한 방향이 북쪽이고 가장 넓은 부분이 남쪽입니다.

다시 한 번 당부 드리자면 어떤 여행을 하더라도 길을 잃게 되면 당황부터 하기 쉽습니다. 우선 여유를 가지고 침착하게 자신의 위치를 파악하는 것이 가장 현명한 방법이죠. 그리고 현지인의 조언을 아낌없이 들으세요. 어딜 여행하든 그 지역 택시 기사만큼 자세히 아는 사람이 없다는 말처럼 현지인만큼 그 지역 지리를 잘 알고 있는 사람은 없습니다.

묻고 또 물으세요.

영국으로 다시 돌아가야 하나?

파리에 인접할수록 길이 엄청 복잡해졌다. 어쩔 수 없이 지도를 자주 보게 되자 옆 가방을 살짝 열어놓은 채 지도를 끼워놓고 길을 헤매고 또 헤매며 파리 방향 도로를 찾아다녔다.

일은 그때 시작되었다. 지도와 나침반을 꺼내 길을 확인하고 다시 출발했는데 얼마 지나지 않아 가방에서 지도가 없어졌다. 나는 가장 중요한 것을 잃어버린 듯 당황했다. 스쿠터를 돌려 지도를 찾아보는데 빠른 속도로 달리는 차량들 때문에 길 옆으로 달리다가……

"펑~!!!"

타이어에 펑크가 난 것이다. 스쿠터를 세워 타이어를 확인해 보니 커다란 못이 타이어에 당당히 박혀 있었다. 한참을 멍하게 서 있었다.

젠장, 벌써 나에게 이런 시련을 주시다니. 다시 정신을 차리고 주위를 둘러보았다.

허허벌판뿐……

그저 자동차만이 도로를 신나게 달리고 있을 뿐. 주위에는 마을도, 주유소도 보이지 않았다. 지나온 길을 더듬어 보니 얼마 전에 주유소 하나를 지나친 기억이 났다. 지금 당장 도움받을 곳은 그 주유소만이 전부였기에 망설임 없이 자리에서 일어나 스쿠터를 밀기 시작했다. 햇볕이 정확히 나의 정수리를 때리는 데다가 그늘조차 없다. 그 상황이 어찌나 짜증스러운지 내내 씩씩거리며 끌고 갔다. 스쿠터를 타고 왔을 땐 잠깐이었는데, 끌고 가려니 족히 5km는 지나서야 저 멀리 주유소가 보였다. 몸은 이미 탈진하려 발버둥쳐대지만 멀리 보이는 주유소는 마치 사막의 오아시스 같아 보였다. 어디서 힘이 생겨나는지 마른 입에 떠오르는 미소와 주유소를 향해 빨라지는 발걸음이 신기할 따름이다.

스쿠터를 내동댕이쳐 버리고 주유소로 뛰어갔더니 잠에서 방금 깨어난 주유소 사장은 난데없이 나타난 동양인을 보고 당황해했다.

손을 잡아끌어 스쿠터 상황을 보여주자 주유소 사장은 이제야 상황 파악이 되는지 다시 주유소에 들어가 전화기와 지역 전화번호 책자를 들고 왔다. 짧은 통화를 마치고 나에게 미소 지으며 걱정 말라고 한다.

휴~ 살았다.

정말이지 요놈을 족히 5km를 끌고 올 땐 영국으로 되돌아가야 하나, 포기해야 하나, 왜 이렇게 처음부터 꼬이는 걸까? 온갖 생각이 들었다. 하지만 결국은 일이 잘 풀리는 것을 보니 역시 끈기 있게 포기하지 않고 노력한다면 끝을 볼 수 있다는 걸 새삼 느낄 수 있었다.

잠시 그늘에 앉아 휴식을 취하고 다이어리를 꺼내어 일기도 쓰며 시간을 보냈다. 얼마 뒤 용달차가 주유소에 도착했고 주유소 사장님과 고맙다는 인사를 나눴다.

용달차를 타고 오토바이 센터에 도착해서 타이어를 교체했다. 세상에 이럴 수가! 용달비 100유로와 타이어 교체비 80유로! 전체 여행 경비의 4분의 1인 180유로를 써버렸다.

시간은 흐르고 지도는 없다. 서둘러 프랑스 수도 파리에 도착해서 '파리 남대문' 민박집을 찾아야 했다. 그런데 파리를 향해 달리는데 계속해서 웃음이 나왔다.

여러 가지 상황이 닥치면서 당황하고 힘들었지만 끝까지 포기하지 않았더니 결국 결과가 좋아졌다는 생각이 들었다. 첫번째 큰 어려움을 극복했다는 것이 내심 뿌듯했나 보다.

갑작스런 스쿠터 고장에 대처하는 방법

스쿠터 여행 중 예기치 못한 고장은 여행의 묘미라 할 수 있지만, 막상 그 당시에는 당황스럽고 어이가 없죠. 그럼 갑작스러운 스쿠터 고장에 대처하는 방법에 대해서 알아볼까 합니다. 우선 여행 중에 스쿠터가 고장났을 때 고장의 원인부터 파악해야 합니다. 스스로 수리가 가능한지 불가능하지를 파악해야겠죠.

타이어— 가장 흔한 고장이 타이어 펑크입니다. 주행하다가 길 위의 못이나 유리조각 때문에, 또는 뜨거운 사막을 달릴 때 타이어가 찢어져 펑크가 날 우려가 있습니다. 이럴 경우를 대비해서 여행자들이 가장 많이 이용하는 방법은 스페어 타이어를 하나쯤 챙기는 겁니다. 저야 스쿠터가 워낙 작다 보니 스페어 타이어를 챙길 공간이 없었죠. 타이어 교체를 위해 필요한 최소 도구는 스패너(렌치)입니다. 기타 앞바퀴의 경우(뒷바퀴는 오토바이에 기본적으로 장착된 메인스탠드를 이용하면 됩니다.) 정비스탠드가 있으면 편리합니다.

하지만 스페어 타이어가 없다면 저처럼 무식하게 하염없이 끌고 간 뒤 도움을 요청하는 방법뿐입니다.

시동— 스쿠터 시동이 안 된다면 많은 확인이 필요합니다. 가장 큰 경우가 배터리 문제죠. 시동을 걸어도 전혀 소리가 나지 않는다면 방전일 확률이 높습니다. 소리가 잠시 나더라도 시동이 걸리지 않는다면 기타 전기회로에 문제가 있을 가능성이 높습니다. 이런 경우 스쿠터 옆에 달린 킥 스타트Kick Start를 이용하거나 내리막길을 이용해 강제 시동을 거는 방법이 주로 사용됩니다. 방전의 문제라면 킥 스타트 후 시동이 걸린다 해도 충전을 위한 어느 정도 시간을 요하며, 전기회로의 문제라면 스쿠터를 분해한 뒤 모든 전기 배선의 접촉 상태를 확인하는 것이 좋습니다. 수리 시에는 항상 장갑 착용 잊지 마시고요. 이 모든 방법은 단순한 응급 처치 방법이므로 시동이 걸렸다면 즉시 가까운 오토바이 센터에서 정확한 진단 후 수리가 필요합니다.

　스쿠터는 이륜차에 포함됩니다. 그 뜻은 스쿠터도 자동차와 마찬가지로 이동 수단이며 엄연히 엔진이 달려 있는 기계라는 것입니다. 그러므로 복잡한 설계에 맞추어 제작되었기에 여행을 출발하기 전 스쿠터에 대한 기초적인 지식은 필수입니다. 여행을 향한 의욕만으로 충분할 거라 생각되겠지만 꼭 스쿠터가 아니더라도 출발하기 전 자신의 여행에 관련된 간단한 공부는 필요합니다.

여유와 낭만의 Paris

하염없이 직진하던 어느 순간 길이 복잡해지면서 내가 파리 시내에 들어왔단 걸 짐작할 수 있었다. 멀리서 파리를 상징하는 에펠탑이 보였다.

"아~~ 살았다!'

하지만 아직 긴장의 끈을 놓을 수 없다. 바이크 매장 사장님의 도움으로 프린트했던 지도는 파리 중심가까지일 뿐! 민박집 주소는 찾아봐도 나오지 않았기에 여행 책에 표시된 주소만으로 찾아가야 했다. 먼저 지금 위치에서 가장 가까운 지하철역을 찾아 지금 나의 위치를 파악한 뒤 민박집 근처에 있는 역으로 대략적 위치를 파악했다. 나침반으로 파리의 중심인 현 위치에서 남동쪽에 있는 민박집 근처 역으로 이동했다. 처음 내가 출발했던 지하철역과 지나면서 보게 되는 역을 확인하며 내가 제대로 가고 있는지 알 수 있었다.

우여곡절 끝에 민박집 근처까지는 도착했지만 도무지 주소만으로 정확한 위치를 찾을 수 없었다. 그리하여 비상용으로 쓰려고 꺼두었던 영국에서 사용한 휴대폰을 꺼냈다. 중년의 여성분인 민박집 사장님은 전화를 받더니 직접 데리러 오겠단다.

"아~! 살았다!!'

저 멀리 한국 사람으로 보이는 중년의 여성이 스쿠터에 당당히 꽂혀 있는 태극기와 나를 보고 단번에 알아보셨는지 손을 흔든다. 서로 초면이었지만 나는 사장님이라는 호칭보다 어머님이라는 호칭이 편했다. 행색이 말이 아닌 나의 모습이다, 작은 스쿠터를 타고 영국에서 파리까지

왔다는 말에 놀라는 것은 물론 황당해하셨다.

파리 여행이 시작되었다.

에펠탑, 최고의 그림들로 가득한 오르세 미술관, 루브르 박물관, 샹젤리제 거리, 개선문, 프랑스 혁명 200주년을 맞아 국가주의를 반대하는 국민을 위해 만들었다는 신 개선문, 프랑스의 여유로움을 느낄 수 있고 예술인의 고향인 몽마르트르 언덕.

왜 유럽 여행에서 파리가 빠질 수 없는지 눈으로 직접 보고 나니 이유를 알 수 있었다. 프랑스는 모든 것이 예술이다. 우리가 알고 있는 유명한 건축물은 물론이요, 도로나 그 거리를 감싸고 있는 풍경들, 심지어 보도 위에 붙은 껌마저 예술 작품으로 보였다.

영국에 살면서 미술관에 관심을 두기 시작하여 내셔널갤러리(영국)에 그림을 보러 다녔었다. 파리 오르세 미술관 역시 그 규모가 대단했다. 개선문과 신 개선문이 일직선으로 일치하지만 신 개선문은 정면에서 약 $6°$ 비틀어 설계하여 국가주의를 반대하는 프랑스 국민의 마음을 표현했다는 점이 나를 매료시켰다.

주위에선 클래식 음악이 잔잔히 흘러나오고, 잔디가 깔린 언덕에 앉아 샌드위치를 나눠 먹는 많은 사람들, 혼자 벤치에 앉아 맥주를 마시는 사람, 아예 팬티만 입고 나와서 일광욕을 즐기는 할아버지까지 다양한 사람들이 눈치 보지 않으며 각자 즐기는 모습.

몽마르트르 언덕은 관객, 예술가, 건축물, 조형물, 심지어 거리의 보도블록마저 모두가 자유롭고 여유로워 보이며 예술로 보였다.

파리는 나에게 답답한 대도시에서도 진정한 여유와 자유를 느낄 수 있다는 것을 보여 주었다.

똘끼, 50cc 스쿠터로 유라시아를 횡단하다

또 하나의 스폰서, 파리 남대문 민박

파리라는 도시는 애초 계획했던 이틀을 사흘로 늘려 머물게 만들 만큼 매력을 가진 도시였다. 그 동안 머물렀던 '파리 남대문' 민박집. 처음 만났을 때 지도를 잃어버리고 타이어 펑크에, 고생에 찌든 내 행색에 놀라시던 민박집의 어머님. 작은 50cc 스쿠터로 한국까지 간다는 말이 귀여웠는지 떠나기 전 숙박비를 내려는데 어머님도 나를 후원해주겠다며 4일치 방값을 받지 않으셨다. 물론 처음에는 사양했지만, 어머님의 마음을 끝까지 거절할 수 없었다. 그리고 문득 집에 계신 어머니와 작년 스쿠터 전국 일주 여행이 기억났다.

2009년 9월 스쿠터 전국 일주를 할 때, "나도 너만 한 아들이 있다"며 각 지역의 어머님들이 많은 도움을 주셨다. 그 중 아직 연락하며 안부를 묻는 어머님도 있다. 그렇게 고마운 정을 받으며 집에 계시는 어머니를 생각했었다. 어릴 적부터 누나와 나의 학비와 용돈을 위해 온갖 일이란 일은 죄다 하셨던 어머니. 모든 어머니가 자식들을 위해 희생하시는 모습은 어느 나라보다 대한민국 어머니가 최고라 생각된다.

전국 일주를 하며 만났던 동갑내기 자전거 여행자 성률이와 헤어지면서 '네가 포항에 오면 우리 집에 들렀다가 가'라고 했었다. 내가 먼저 스쿠터 전국 일주를 마치고 포항에 있을 때 연락이 왔고 하룻밤을 함께 보냈다. 그때 성률이를 나보다 우리 어머니가 더 챙겨주었다. 모든 어머니가 그렇듯 우리 어머니도 마치 아들 보듯 성률이를 챙겨준 것이다.

파리 남대문 민박집 어머니로부터 우리 어머니의 모습을 볼 수 있었

다. 밤 늦게 들어오면 다른 여행자 몰래 저녁도 챙겨주시고 유람선 표에,
필요한 프린트까지 해주셨는데, 방값까지 안 받으시면 이를 어찌 보답해
야 할지……

　다시금 감사의 말씀을 드리고 다음 목적지인 스위스를 향해 출발하려
는데, 가는 길에 먹으라며 삶은 계란에다 타지에서 귀하디귀한 라면까지
챙겨 주셨다. 그렇게 민박집 어머님과 파리를 등지고 또 다른 길을 향해
나아갔다.

ddolggi
kwon

똘끼가 공개하는 알뜰한 유럽 여행 비법

　요즘 누구나 한 번쯤은 가볼 법한 유럽 여행. 유럽의 높은 물가로 인해 누구나 여행을 가기 전 어떡하면 알뜰하게 유럽 여행을 할 수 있을지 정보를 찾아보며 공유를 합니다. 이처럼 여행자의 정보력이 여행비를 좌우하는데요. 여기서 공개하는 정보는 제가 직접 여행을 하면서 느낀 점들을 정리한 것입니다.

　국제학생증(ISIC)— 제가 생각하기에 가장 좋은 절약방법이라 생각하지만, 한국의 많은 유럽 여행자 중에서도 학생들이 모르고 있는 사항입니다. 국제학생증만 있어도 유럽의 다양한 박물관이나 미술관, 유적지 등의 입장이 무료이거나 할인 혜택을 받을 수 있으며 심지어 숙박하는 게스트 하우스에서 할인받을 수 있는 곳도 있습니다. 국제학생증은 자신이 속해 있는 학교 소속만으로 쉽게 발급받을 수 있습니다. 카드의 종류에 따라 다른 혜택이 있으므로 꼼꼼히 따져보고 발급받으면 다양한 혜택을 즐기며 여행 경비도 아끼는 일거양득의 카드입니다. 제가 소지했던 국제학생증은 ISIC에서 발급받은 카드였습니다.

　하루에 한 끼는 직접 요리사가 되어 본다— 간단한 취사도구를 가지고 있거나 게스트 하우스를 이용하여 직접 하는 요리로 여행 경비를 절약하는 방법입니다. 유럽의 다양한 마트에서도 여러 제품을 값싸게 팔고 있으니 간단한 스파게티 요리나 바게트 등의 다양한 요리를 손쉽게 만들어 먹을 수 있습니다. 여러 나라를 방문하면서 마트를 통해 각기 다른 물건도 볼 수 있으며 자신이 직접 만들어 먹는 재미도 쏠쏠하죠. 저는 버너와 코펠을 가지고 다녀 파스타나 양파와 햄을 볶은 요리를 주로 했었습니다.

　텐트가 있다면 캠핑장으로! — 제약사항이 많지만, 유럽이라면 그리고 텐트가 있다면 한 번쯤은 유럽 캠핑장을 이용하는 것도 좋은 방법입니다. 숙박 시설이라면 게스트 하우스를 주로 이용하지만, 유럽 캠핑장 시설은 세계에서 최상급으로 알려져 있습니다. 지역마다 호수가 있는 넓은 캠핑장부터 녹음이 푸른 아담한 형태의 캠핑장까지 다양하며 샤워장은 물론이고 온수에 취사 시설까지 비치된 캠핑장도 많습니다. 특히 대도시보다 작은 마을일수록 캠핑장의 전경은 가히 환상적입니다. 꼭 체험해 보라고 권하고 싶습니다. 가격은 일박에 약 7~9유로입니다.

저렴한 이동수단을 최대한 이용하자— 유럽 국가를 이동할 때 주로 이용하는 교통수단은 버스, 기차, 항공 등이 있습니다. 여기서도 여러 가지 정보를 이용하는 방법이 있습니다. 나라별로 다른 버스 요금과 기차표만이 아닌 다양한 혜택이 있는 유레일패스, 따져보면 가장 저렴할 수도 있는 저가 항공 등을 이용하여 자신의 여행에 맞게 계획을 세우는 방법입니다.

유레일패스 사이트 www.eurail.co.kr

유럽 철도 정보 사이트 www.railfaneurope.net

저가 항공사 사이트 www.easyjet.com   www.ryanair.com

저가 항공 검색 사이트 www.whichbudget.com   www.momondo.com

세상엔 못 믿을 놈도 있다

파리에서 스위스를 잇는 606번 국도는 찾기 쉬우면서 주변 경관이 아름다워 많은 여행자들에게 여행 중 잊지 못할 장소로 손꼽힌다. 그런데 606번 도로에서 한 가지 아픈 기억이 있다.

아름다운 풍경을 보며 즐겁게 달리는데 길 옆에서 한 남자가 나를 향해 손을 흔들었다. 스쿠터를 세웠더니 자신은 루마니아 사람이며 자동차로 유럽 여행을 하는 중이라며 소개를 했다. 그는 기름이 떨어져 문제가 생겼다며 유로가 아닌 루마니아 화폐뿐이란다. 미안하지만 루마니아 화폐와 100유로를 교환하자는 터무니없는 소리를 했다.

루마니아의 화폐 가치도 모르고 100유로(약 15만 원)라는 엄청난 돈을 생각 없이 교환해 줄 수 없었다. 하지만 엄청 불쌍한 눈망울과 표정으로 사정하는 모습에 적당히 기름값은 하게끔 10유로를 1루마니아로 교환해 주었다. 함께 사진 한 장을 남기고 다시 출발하는데 뭔가 모를 이 찝찝함은 나중에서야 알게 되었다. 루마니아의 화폐는 환전도 어려우며 화폐 가치도 없다는 것을.

"아~오~! 내 이놈을!!"

여행하며 스스로에게 했던 약속 하나가 오후 7시면 주저없이 잘 곳을 찾는다는 것이다. 야간주행을 하지 않겠다는 게 스스로의 다짐이었다.

프랑스 상스라는 마을에서 잠잘 곳을 찾았다. 유럽에는 작은 마을이어도 캠핑장이 있다. 온통 초록 잔디와 주위를 감싸는 높디높은 나무들로 가득 찬 캠핑장에 통나무로 부스를 나누었고 이제 막 노을이 지는 상스의 캠핑장은 아담하여 손님이 나뿐이었다. 마치 내가 캠핑장을 통째로 빌린 듯했다. 깔끔하게 샤워를 마치고 파리 남대문 민박집 어머니가 챙겨주신 라면과 마트에서 사온 맥주로 저녁을 해결하고 여행기를 작성한 뒤 텐트에 들어가 누웠다.

어쩌면 초라해 보일 수 있는 지금의 나. 하지만 난 그 누구보다 행복했다. 아니, 그 누구보다 자유로웠다.

스쿠터 여행과 나의 약속

스쿠터 유라시아 횡단을 위해 스스로에게 세 가지 약속을 했습니다. 이번 여행을 무사히 안전하게 마치기 위한 약속이었죠. 여행을 하면서 스스로 최소한의 규칙을 세우는 것도 좋은 여행의 방법이 될 것 같습니다. 출발하기 전 여행에 임하는 자세가 크게 달라질 수 있기 때문이죠. 그럼 스쿠터 여행을 하면서 제가 다짐했던 세 가지 약속을 소개합니다.

항상 헬멧 착용하기— 첫째도 안전, 둘째도 안전, 셋째도 안전입니다. 오토바이 여행을 하면서 보호 장비는 필수 중의 필수입니다. 그 중에서도 헬멧은 가장 중요한 보호 장비죠. 물론 장거리 주행이라면 누구나 헬멧을 착용하겠지만, 잠자리를 마련하고 마트에 다녀오는 정도의 단거리라면 헬멧을 착용하지 않는 경우가 있습니다. 도심의 경우가 사고율이 높으므로 절대적으로 헬멧 착용은 필수입니다. 하지만 헬멧 착용이 쉽지 않은 경우도 있습니다. 저는 50도가 넘는 이란의 사막에서도 꿋꿋하게 헬멧을 착용했었지요. 물론 휴식을 취할 때면 헬멧을 집어던지기까지 했지만요.

밤에 주행하지 않기— 정확한 시간을 정했습니다. 오후 7시가 되면 잠자리를 찾기로 했습니다. 잘 알지도 못하는 초행길에 어둠이 찾아오면 가로등이 없는 국도가 생각보다 많습니다. 그리고 저녁이 되면 자동차들은 낮보다 더 빠른 속도로 달리기 때문에 야간주행은 절대 금물입니다.

누구든 나를 향해 멈추라고 하면 멈출 것— 마지막 약속은 조금 의아해할 수 있는 부분이죠. 하지만 영국에서 유라시아 횡단 준비를 하면서 중동 친구들에게 가장 많이 들은 조언 중 하나였습니다. 중동에는 강도나 산적 그리고 테러리스트가 있답니다. 혹시나 그들이 나를 향해 멈추라는 신호를 한다면 꼭 멈추라는 것이죠. 왜 도망가지 않고 멈추느냐고요? 이야기의 핵심은 바로 그들이 총을 소지하고 있을 수 있기 때문입니다. 최악의 상황이죠. 우선 멈추고 상황을 파악한 후 현명하게 대처하는 것이 최선의 방법입니다. 호랑이 굴에 들어가도 정신만 차리면 산다는 말이 있잖아요.

내가 생각하는 여행의 목적

프랑스의 678번 도로를 지나 N5번 도로의 어느 휴식 공간에서 제네바까지 100km 남았다고 표시되어 있는 걸 언뜻 보았다. 이젠 100km라고 하면 가소롭다는 듯 웃게 된다. 그만큼 장거리 운전이 차츰 익숙해지고 있다는 뜻이리라.

달리면서 문득 '내가 왜 이런 여행을 할까?'라는 생각을 해보았다. 정확한 답은 아직 없다. 하지만 누군가 일상에서의 일탈이냐고 묻는다면 그건 절대 아니다. 오히려 그 반대라고 말하고 싶다. 나를 조금 더 단단하게 만들기 위해서라는 게 오히려 정답에 근접한 것 같다. 대학교 합격이 목표인 주입식 교육에 의해 어찌 보면 강제로 만들어진 나의 자아를 대학 동아리를 통해 깨닫고 이젠 나 스스로 자아에 대해 찾아가는 과정으로 나는 이 여행을 선택한 것이다. 가장 큰 목적인 나의 미래에 대한 더욱 세밀한 설계와 확고한 다짐을 위한 마지막 육체적 모험을 감행한 것이라고.

그래…… 이 대답이 이 여행을 하려는 목적과 가장 근접한 대답인 것 같다.

국경 없는 나라

프랑스에서 스위스로 넘어가는 국경은 내가 놀랄 만큼 간단했다.

"Should I give passport?(여권을 보여 줘야 하나요?)"

"No! just go, have a nice day~(아니, 그냥 가. 좋은 여행해~)"

뭐야…… 한참을 당황했다. 국경은 프랑스와 스위스 경찰 두 명이 전부다. 그리고 그 두 명은 서로 사무실에 나와 웃으며 담소를 나누고 있으며 단지 제복만 다를 뿐이다. 아니 국기만 다를 뿐이다. 좁은 2차선 도로 사이에 5m 간격도 안 되는 국경이 존재하는 것이다. 이것이 바로 유럽이라는 국가다. 이런 모습을 사진에 담고 싶어 사진기를 꺼내려는데 그래도 국경 사무소라고 사진 촬영을 금지한다.

영세중립국 스위스

영세중립국 : 한 나라가 다른 나라에 대해 전쟁을 일으키지 않을 뿐만 아니라 다른 나라 간의 전쟁에 대해서도 중립을 지킬 의무를 가진 국가.

여유로운 제네바의 구경을 마치고 레만 호를 왼쪽으로 끼고 달리다 보니 나도 모르게 프랑스 국경으로 다시 들어와 에비앙이라는 마을에 도착했다. 우리에게도 친숙한 이름인 에비앙은 명품 생수로 유명하다. 마을의 여러 곳에서 분수대를 볼 수 있으며 약수터가 있다는 걸 제외하면 별다른 특별함이 없지만 오히려 이런 면에서 에비앙은 나에게 좋은 이미지로 다가왔다. 특별히 뭔가 유명하다고 해서 그것을 상품화하기 위해 도시 여러 장소에 홍보하고 과장되게 꾸며놓는 것보다 에비앙 마을 본래 그대로의 모습에 더욱 감탄했던 것이다.

에비앙에 도착하자 해는 이미 레만 호를 붉게 물들이고 있었다. 근처 캠핑장을 찾아 텐트를 치고 캠핑장 주인에게 마실 물을 담아 가려고 식수를 부탁했다.

"자네 아직 에비앙을 모르나? 에비앙에서는 수돗물이 생수라네."

하긴 틀린 말은 아니다. 캠프장에 있는 수돗물을 병에 담아 한 모금 마시며 시원함을 느껴본다. 이보다 더 좋은 생수는 어디 가도 못 마시겠지?

텐트를 치고 붉게 타오르는 레만 호를 바라보며 파리 민박집 어머니가 주신 라면을 끓여 먹었다. 스위스 캠핑장, 그것도 레만 호의 멋진 노을이 보이는 곳에서의 라면 맛이라니!

아! 이 얼마나 아름운 광경인가?

그런데 캠핑장 주위의 친구들이 매운 수프 냄새 때문에 나를 보며 코를 막는다.

다양한 유럽의 캠핑장

아무래도 물가가 비싼 유럽에서 저렴한 여행을 하는 저는 숙박비를 최우선으로 아껴야 했습니다. 자전거보다 스쿠터를 선택한 면에서도 비박을 하는 쪽으로 초점을 맞췄죠. 하지만 유럽에서 아무 곳이나 텐트를 치고 야영하면 벌금을 내야 하는 경우가 있습니다. 물론 저도 항상 캠핑장에서 야영을 하진 않았지만요. 최대한 캠핑장을 이용하려 했습니다.

유럽의 캠핑장은 어느 곳보다 시설이 좋기로 유명합니다. 특히 스위스의 캠핑장은 시설은 물론, 캠핑장 경관까지 아름다운 곳이 많죠. 보통 일박에 7~9유로인데 게스트 하우스 숙박비의 반값 조금 넘습니다. 온수가 나오는 샤워 시설은 물론이고 취사할 수 있는 곳도 많습니다. 대부분 유럽 자동차 여행자들이 캠핑장을 많이 이용하고 배낭여행자들은 게스트 하우스를 이용하지만 캠핑장에서 하루 정도를 보내는 것도 좋은 추억에 남을 거라 생각됩니다. 굳이 텐트가 없어도 대여가 가능한 곳이 많으니 문득 도착한 곳에 경치가 좋은 캠핑장이 있다면 주저 없이 도전해 보세요.

난 네가 좋아

레만 호에서 베른을 따라 북동쪽으로 뻗어 있는 1번 도로는 녹음이 푸른 지역이라 그런지 유독 동물이 길 위를 지나다가 자동차에 치여 죽는, 일명 로드킬roadkill이 많았다. 그 길을 몇 시간 가량 달리다 보니 슬슬 장시간 헬멧에 눌린 머리와 허리가 아파 휴식을 하기로 했다. 테이블에 지도와 나침반 그리고 다이어리를 내려놓았다.

아까부터 멀리서 머리카락이 하얀 어르신이 나를 처다보더니 결국 가까이 와서 인사를 했다. 그분은 내가 타고 온 스쿠터를 가리키며 이것저것 물어보고 내 물건들을 만져 본다. 그리고 꺼낸 한마디.

"I…… like… you(난…… 네가… 좋아)."

영어를 거의 못하시는데, 둘이서 의사소통은 원활했다. 눈을 바라보며 온몸으로 대화를 했던 것이다. 많은 사람이 말이 통하지 않을까봐 해외 여행을 두려워하는데 언어는 언어일 뿐이다! 하고 싶은 표현이 있다면 언어가 아니어도 열린 마음 하나로 충분히 가능하다. 지금 내 앞에 있는 어르신도 나에게 하고 싶은 말이 있어서 내 앞에 앉은 것이다. 그리고 마지막으로 자신이 알고 있는 영어 단어를 총동원해서 나에게 표현했을 뿐이다.

그런 어르신의 모습이 잠시 쉬고 있는 나의 외로움을 달래주었으며 고마웠다. 처음엔 여행 이야기를 했지만, 나중에는 각자 인생을 이야기했고 한참 그렇게 온몸으로 대화를 나눈 뒤 어르신이 가야 한다며 아쉬운 이별을 했다. 가면서 다시금 뒤돌아서 말씀하신다.

"I… like you!!(난 네가 좋아!!)"

교통사고로 인한 동물의 죽음

　우리 나라에서 스쿠터 전국 일주를 했을 때도 길 위에 죽어 있는 동물들을 자주 봤습니다. 유라시아 횡단에서는 전국 일주보다 5배 아니, 10배는 넘게 봤던 것 같습니다. 다행히 제가 직접 로드킬을 해 본 적은 없지만 사고를 낸 운전자도 어느 정도 이해는 합니다. 빠른 속도로 주행하는 중에 갑자기 동물이 나타나면 운전자도 어쩔 수 없이 그대로 달려야 하는 경우가 있죠. 자칫 핸들을 급히 돌리거나 급브레이크를 밟는 경우 뒤에 따라오는 차들로 인해 큰 사고가 날 수 있기 때문입니다. 하지만 지구의 주인은 인간만이 아니라고 생각합니다. 그런데 사람들은 길 위를 달리고 있는데 갑자기 동물이 뛰어들었단 식이죠. 동물들도 우리와 같이 자연을 누리고 살 권리와 생명의 가치가 있는데요.

　조금만 천천히 달리고 주위를 살펴 주행한다면 길 위에 쓰러지는 생명이 줄어들 거라고 조심스레 생각해 봅니다. 중동보다 로드킬이 많았던 유럽에서, 덩치 큰 사슴이 길 옆에 죽어 있는 걸 보고 인간과 동물 사이의 관계와 심지어 인간이 자연에 미치는 영향에 대해서 씁쓸한 생각을 해 봅니다.

한국을 싫어하는 한국인

"어라!?"

스위스 수도 베른에 도착하여 오랜만에 게스트 하우스에서 하루를 보내기로 했다. 배정된 숙소 열쇠를 받고 방으로 가 보니 여자 두 명이 있다. 잘못 찾아왔는지 다시 확인해보아도 제대로 찾아온 게 맞다. 나중에 알고 보니 도미토리 방은 여자와 남자가 함께 쓴다고 한다. 역시 나도 남자인지라 잠시나마 이상한 상상을 했다.

간단하게 인사를 나누고 짐을 풀고 있는데 이 여인네들 대낮부터 와인을 마신다. 오른쪽 창가에 앉아 있던 여자가 자신은 한국과 미국 출신의 부모님 아래 자랐단다. 사는 건 미국이며 한국을 좋아하지 않는다고 했

다. 나는 그녀에게 더 이상 그 이유에 대해서 물어보지 않았다. 그녀에게는 한국에 대한 아픔이 있었던 것이다.

베른에서 계획했던 시간은 단 하루였기에 짐을 풀고 샤워를 한 뒤 밖으로 나가 도시를 구경하느라 그 여인과 이야기를 더 나눌 수 없었던 게 아쉬웠다. 하지만 이것도 인연인가? 다음 날 나는 베른에서 취리히로 떠났고 취리히 시내에서 스쿠터에 문제가 생겨 한참을 수리하는데 이 여자를 또 보게 되었다. 둘 다 신기해서 서로 얼굴을 보고는 한참을 웃었다. 우리는 더 이상 아쉽지 않게 저녁을 함께 먹었다. 하지만 저녁을 먹으면서도 나는 그녀에게 이름조차 물어보지 않았고 사적인 이야기보다 여행 이야기만 나누었다. 물론 그녀도 나에게 여행에 대한 이야기만 물었을 뿐. 그렇게 연락처도 없이 우린 또다시 아쉬운 이별을 고했다.

나중에 중동을 여행하면서 여행의 고수라고 불리는 한국 형님에게 들은 이야기로 진정한 여행자는 함께 여행하면서도 각자의 연락처를 물어보지 않는단다. 어차피 여행을 마치고 일상생활로 돌아오면 여행은 까마득히 잊고 본래의 삶에 충실해야 하기 때문이라는데, 내 개인적인 생각으로는 여행에서 만난 좋은 인연을 여행이라는 추억 안에서만 간직하고 싶어서가 아닐까? 믿거나 말거나.

아날로그와 디지털의 만남 스위스 베른

스위스 수도 베른을 혼자서 둘러보았다. 이젠 구경하다가 그냥 좋다 싶으면 남들 시선 보지 않고 그 자리에 누워 버린다.

베른이란 도시는 나에게 신선한 느낌으로 다가왔다. 제네바에서 취리히로 지나가는 도중에 잠깐 들를 예정인 도시였다. 하지만 여행 중엔 기대하지 않았던 도시가 오히려 기억에 남는다는 말이 있다. 베른은 한 나라의 수도이지만 생각보다 작고 아담하여 그 모습은 마치 수백 년 전으로 돌아간 듯 도시 전체가 고풍스러우며 여러 상점과 간판들이 잘 어울려 있는 것이 한마디로 아날로그와 디지털의 만남이었다.

원고를 작성하는 지금도 어느 도시가 가장 예쁘냐고 물어보면 베른이 가장 예뻤다고 말할 정도다. 특별히 유명한 문화재나 관광지는 없지만, 베른이라는 도시 자체에서 풍기는 아름다움이 나를 사로잡았던 것이다.

2박도 OK~ 3박도 OK~ 전부 OK!

　다음 여행지인 취리히에는 나를 기다리고 있는 친구가 있었다. 첫 영국 생활 한 달 동안 함께 지냈던 유일한 홈스테이 친구 바네사가 유라시아 횡단 전부터 자신의 집에 초대했던 것이다.

　한 달이라는 짧은 시간이었지만 홈스테이 주인이 사정이 생겨 2주 동안 집을 비운 탓에 서로 챙겨가며 지냈기에 가까운 인연이 되었다.

　그녀를 만나 일단 정중히 머물고 싶은 날을 말했다.

　"2days? it's OK~, 3days? good~ just live~(2박? 3박? 그냥 여기 살아도 괜찮아~)"

　바네사 덕분에 3일 동안 취리히 구경을 정말 편하게 했다. 그녀의 집에 머무는 동안 그녀의 가족들도 친구처럼 편안하게 대해 주었다. 하루 종일 취리히 시내를 돌아다니다가 집에 돌아오면 저녁에 와인으로 바네사 가족들과 하루를 마치곤 했다. 다시 여행을 떠나기 싫을 정도로 모든 것이 좋았다.

똘끼, 50cc 스쿠터로 유라시아를 횡단하다

헬멧

안전을 위해 꼭 필요한 헬멧. 가장 중요한 신체를 보호하기 위한 장비이므로 그 종류와 가격도 천차만별입니다. 자신의 안전을 생각한다면 헬멧만큼은 믿을 만한 기업에서 구매하는 걸 추천합니다. 헬멧을 살 때 중요한 건 될 수 있는 대로 직접 써 보고 구매하는 것입니다. 머리의 모양과 헬멧의 구조가 맞는지, 착용감과 디자인, 목적에 맞는 헬멧의 종류 등을 모두 고려해서 선택해야 하기 때문이죠. 헬멧의 종류는 크게 세 가지로 나뉩니다.

풀 페이스— 말 그대로 머리를 완전히 덮는 스타일입니다. 요즘 플립 업flip up이라는 턱부분을 올릴 수 있는 헬멧이 편리하게 사용되고 있습니다. 제가 여행할 때도 플립 업 헬멧을 이용했습니다.

풀 제트— 옛날 영화에 많이 나오는 스타일로 앞턱은 없고 커다란 쉴드(얼굴보호용)로 얼굴을 가릴 수 있습니다.

하프— 이마 위에만 살짝 얹히는 것으로 사고 시 얼굴이 무방비 상태입니다.

헬멧은 간단히 외피와 내피로 나눌 수 있습니다. 외피는 대부분 강한 탄성을 가진 합성수지로 제조되어 있으며 내피는 발포스티로폼과 스펀지와 천으로 구성되어 있습니다. 이 중 외부 충격을 가장 많이 완화해주는 부분이 스티로폼 부분이죠. 하지만 스티로폼은 가볍고 충격 흡수는 뛰어나지만 한번 충격을 받아 함몰되면 다시 복원되는 복원력이 약하다는 단점이 있습니다. 그러므로 외부의 큰 충격을 받은 헬멧은 육안으로 괜찮아 보이더라도 사용을 피하는 게 좋습니다.

천국에서 길을 잃다

스위스에서의 달콤한 시간을 뒤로 하고 오스트리아로 가기 위해 독일을 잠시 거쳐야 했다. 알프스 산맥을 지나는 환상적인 19번 도로는 높은 지대임을 드러내듯 달리는 눈앞에 구름이 있어 구름을 뚫고 지나가는 기분이 마치 동화 속 한 장면을 연상케 하였다.

해질 무렵 켐프텐이라는 마을 잔디밭에 텐트를 치기 위해 자리 잡는데 차도를 맴도는 한 대의 봉고차가 텐트 치는 나의 모습을 사진에 담으며 신기해한다. 내가 그들에게 먼저 다가가 이곳에 잘 만한 곳이 있느냐고 물어보았다. 그러자 어디론가 전화를 하더니 따라오라 한다.

어두운 비포장도로를 한참 지나서야 그들의 개인 비행장에 도착했다. 사실 처음 잘 만한 곳이 있느냐고 물었을 때, 그곳이 비행장이라 하기에 도시에 공항이 있나 보다 싶어서 따라간 것이었다.

나를 이상한 비행장으로 데려간 친구들은 피피와 로만. 비행장에 도착하자마자 잔디밭에 텐트를 친 후 추위를 피해 작은 휴게실로 들어갔다. 미리 연락을 받았는지 나를 위해 맥주와 음식들이 준비되어 있었다.

그리고 연이어 들어오는 독일 사람들. 나중에 알고 보니 다음 날 이곳에서 글라이더 비행기를 취미로 하는 사람들의 모임이 있었다. 나는 그들의 취미생활이 신기했는데 그들은 내 여행이 더 신기한지 새벽이 되도록 와인 파티는 끝날 줄을 몰랐다. 나는 완전히 그 분위기에 휩싸였다.

독일의 교육열이 좋은 건지 파티에서 만난 친구들과 영어 대화는 자유로웠다. 또 이렇게 인연이 시작되는 것이다.

다음 날 아침 8시. 언제 잠들었는지도 모르게 한밤의 파티는 너무 즐거 웠다. 텐트에서 자는 걸 만류하면서 그들이 내게 내준 비행장 휴게실 침 대는 호텔이나 다름없었다. 나는 한동안 침대에 앉아 일어나지 못했다. 내 눈이 의심스러웠다. 침대 옆에는 큰 창문이 있었는데 그 창문 너머로 보이는 하얀 알프스 산맥의 설경, 그 허리를 감싸고 있는 운무와 아침밥 하느라 분주한지 아니면 따뜻한 물로 씻고 있어서 분주한 것인지 산 아 래 마을의 굴뚝 위로 피어오르는 연기는 2층구름처럼 보였다.

마치 어릴 적 EBS 프로그 램에서 환상적인 그림을 그 리던 밥 로스 아저씨가 잠시 오셨다 살짝 휘젓고 가신 듯 한 풍경이었다.

어제 저녁 늦게 도착하여 비행장의 풍경을 미처 보지 못했던 것이다.

한참 비행장 풍경에 흠뻑 젖어 있다가 나중에야 간밤

에 비가 내린 것을 알고 텐트에서 자지 않았던 걸 다행스럽게 생각했다.

모닝커피에 베이컨과 베이글~!

독일의 아침식사를 감사히 얻어먹는데 전날 파티에서 유독 나에게 관심을 보이던 마이클이 아침부터 이 마을의 맥주라며 해장술을 건네주었다. 그걸 좋다고 함께 마시는 나도 참······.

11시. 샤워 후 텐트를 챙기고 다음 행선지로 출발하기 위해 서둘렀다. 열심히 스쿠터에 짐을 꾸리는 나에게 마이클이 다가와 말을 건넨다.

"Hey~ J. What time you have to go out?(이봐 제이. 몇 시에 가야 해?)"

난 여행을 가고 싶을 때 가고 멈추고 싶을 때 멈추는, 그런 여행을 한다고 했다.

"OK, Follow me!(그럼 좋아, 따라와!)"

따라간 곳은 경비행기가 있는 곳. 사람이 타는 글라이더를 하늘에 띄우기 위해선 경비행기로 먼저 날씨와 바람의 상태를 파악해야 한다. 그는 알프스 산맥을 더 가까이 보라며 내게 경비행기를 함께 타자고 했다.

"Me~!? With you?(나!? 너랑 같이?) 아~! 앗~~~싸~!!!!!!"

이게 웬 횡재인가 싶어 주저 없이 탑승했다.

처음 타보는 경비행기. 그리고 이륙의 짜릿한 느낌! 알프스 산맥의 웅장함과 시원함, 구름을 뚫고 지나가는 비행기, 비행기가 햇볕에 반사되어 구름에 무지갯빛으로 비치는 일명 마이클만의 주행 기술. 마이클은 자신의 애인이 사는 집을 가리켜 보였다. 모든 것이 신기하고 고마웠다.

그렇게 1시간 동안의 알프스 구경은 마치 1분처럼 느껴졌다.

선글라스

    영국에서 1년 정도 생활하다 보니 자연스럽게 끼게 되는 선글라스. 멜라닌 색소가 동양 사람보다 적은 서양인들은 이 때문에 하얀 피부와 파란 눈을 갖는 것이고 눈을 보호하기 위해 선글라스를 착용하는 것입니다. 스쿠터 여행을 하면서 장기간 주행하다 보니 햇빛에 노출되는 시간이 많습니다. 그러므로 눈의 보호를 위해서라도 선글라스 착용을 적극 추천합니다. 하지만 터널을 지날 때 터널 안에 가로등이 없는 곳이 많기 때문에 주행 시 급격히 어두워지는 곳에서 주의를 요합니다.

    요즘 헬멧에 기본적으로 장착되어 올렸다 내릴 수 있는 선글라스가 있으니 헬멧 구매 시 참고하시기 바랍니다.

대~한민국!

오스트리아의 하늘 정원 쿠프슈타인에 왔다. 잘 알려져 있지 않은 이 곳에 오게 된 이유는 군대에서 시작된 인연이 이젠 형, 동생 사이가 된 선임을 만나기 위해서다.

알프스 산맥과 인접한 위치라 고도가 높은 쿠프슈타인은 영화 〈반지의 제왕〉에 나올 법한 요새처럼 보였다. 교환학생으로 머물고 있는 군대 선임 운회 형은 나를 반갑게 맞아 주었고 뜻밖의 소식을 듣게 되었다.

5월 30일, 내가 도착한 쿠프슈타인 마을에서 2010년 남아공 월드컵을 앞두고 한국과 벨라루스 친선경기를 한다는 것이다!

전혀 모르고 찾아갔는데 이런 경사가 있는가 싶어 바로 표를 샀다. 영국의 엄청난 축구경기 관람료 때문에 박지성과 이청용을 보지 못해 아쉬웠는데 한국으로 가기 전, 그것도 영국이 아닌 오스트리아에서 직접 경기를 볼 수 있다는 기쁨에 마냥 신이 났다.

내가 보면 진다는 머피의 법칙이 작용했는지 경기는 1 대 0으로 패했지만, 처음으로 국가대표 경기를 보았다는 것으로 만족해야 했다.

평온한 마을 잘츠부르크

쿠프슈타인에서 하루를 더 묵으며 근처에 있는 잘츠부르크를 구경하기로 했다. 운회 형의 외국 친구가 차를 가지고 있어 이동이 편리했는데 이 친구, 한국의 기아차를 소유하고 있었다. 나는 당연히 기아차를 선택한 이유가 궁금했다.

"값싸고 다른 자동차보다 튼튼해~!"

내가 기아자동차에 근무하지 않지만, 우리 나라 기업이 다른 나라 사람들에게 좋은 이미지로 다가간다는 것은 기쁜 일이다. 실제로 유럽을 이동하는 동안 길 위에 수많은 한국 기업 광고판들이 걸러 있는 것을 보면서 내심 자랑스럽고 뿌듯했다.

아침에 비가 살짝 내려서인지 높은 지대에 깔린 아침 이슬과 짙은 안개 속에 새파랗게 넓은 호수가 시원히 자리 잡고 있는 잘츠부르크의 풍경은 우리에게 한동안 말을 잃게 만들었다. 금강산도 식후경이라고! 아름다운 경치는 배고픈 우리의 식탐을 더욱 부추겼고 도착하자마자 호수 옆에 자리를 잡았다. 이른 아침부터 운회 형과 후배인 건영 씨가 바삐 만들던 주먹밥, 샌드위치, 음료 등을 펼쳐놓고 다양하게 점심을 먹었다.

동화 속 풍경 같은 잘츠부르크에서 다들 동심으로 돌아가 신발 던지기를 하다가 신발이 호수에 빠지기도 하고 그네 타다가 바지를 적시기도 했다. 나도 엘레나에게 사진 모델이 되어달라고 부탁하는 등 작고 아담한 마을, 그 매력에 빠져 버렸다.

똘끼, 50cc 스쿠터로 유라시아를 횡단하다

우기를 만나다

독일 뮌헨을 들러 다시 오스트리아로 가기 위해 388도로를 달렸다. 항상 일기예보를 꼼꼼히 살피는지라 미리 날씨를 알고 있었지만 계속해서 비가 내린다. 하루 이틀도 아니고 이렇게 계속 비가 내리면 어쩔 수 없이 비를 맞으며 주행해야 한다. 그것이 바로 지금이다.

뮌헨에서 출발할 때는 비가 조금씩 내리더니 시간이 흐를수록 억수같이 쏟아진다. 아무리 우의를 입었다고 해도 빗물이 옷 위로 고이다 보면 이내 스며들기 마련이다.

세 시간 가량 달리는데 온몸에서 추위가 느껴지고 떨려온다. 엎친 데 덮친 격으로 스쿠터마저 이상하다. 스로틀을 최대한 당겨 달리는데 속도가 줄었다, 빨라졌다 반복한다. 결국, 잠시 쉬어간다는 생각으로 어느 시골집 차고로 향했는데 집주인은 자리를 비웠는지 인기척이 없다. 젖은 옷을 벗어 빗물을 털고 급한 대로 버너를 이용해 추위를 달랬다.

시간이 지나도 비는 더욱 세차게 내렸고 결국 누구의 차고인지 모르는 곳에서 하루를 보내기로 했다. 주위를 둘러보니 사무실 하나가 보였다. 찾아가 보니 어르신이 계시는데 영어로 의사소통이 되지 않았다. 차고로 함께 가서 텐트를 보여주고 자는 시늉을 했더니 알아들으셨는지 웃으시며 고개를 끄덕이신다. 다행이다 싶어 서둘러 텐트를 설치하는데 어르신이 바닥에 깔 만한 스펀지와 박스를 주시고 얼마 뒤 물과 먹을 것을 가져다 주셨다. 거기에 바람까지 막아준다며 봉고차를 차고 앞에 주차하시는

데 확실히 바람이 줄어드는 걸 느낄 수 있었다. 며칠 전 비행장에 이어 또다시 독일 사람의 정을 느낄 수 있었다.

다음 날 아침 일찍 출발 준비를 하는데 어르신 부부가 오셨다. 그리곤 아침밥이라도 먹으라며 20유로를 손에 쥐어주었다. 그렇게 나와 어르신 은 처음부터 끝까지 말은 통하지 않았지만 서로 간의 눈빛으로 알 수 있 었다.

여행하면서 사양하는 방법을 몰라야 된다고 생각했지만, 앞으로는 사 양할 줄도 알아야 하는 게 아닌가 싶었다.

그렇게 다시 동쪽으로 달렸다.

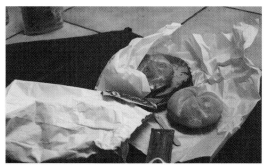

생수

　유럽의 토양에는 석회석이 많이 포함되어 지하수 또는 수돗물에 석회질이 다량 함유되어 있습니다. 석회석은 우리 몸에서 분해가 되는 것이 아니라 침착되고 기준치가 넘으면 신장, 요로 통로에 담석이 생기게 됩니다. 그러므로 유럽에서는 끓여서 하루 동안 식힌 후 가라앉은 석회석을 제외하고 맑은 물만 마셔야 하는데요. 저는 영국에서도 가끔 수돗물을 마셔서 여행 중에는 중동에서부터 생수를 구매해 마셨습니다. 하지만 다른 나라의 물이 맞지 않는 사람이 많으니 생수를 구매해 마시는 걸 추천합니다. 유럽의 생수는 크게 탄산수와 생수 두 가지 종류가 있습니다. 마트에 들어가 물을 달라고 하면 유럽 사람들은 탄산수를 즐겨 마시니 탄산수를 줄 때가 종종 있습니다. 잘 확인하고 구매하시는 게 좋겠죠.

탄산수spring water : 흔들었을 때 팽창함. 페트병 밑면에 심한 굴곡이 있음.
생수still water : 흔들었을 때 팽창하지 않음. 페트병 밑면이 평평함.

오스트리아의 호랑이 경찰

오스트리아 수도 빈에 도착! 민박집을 찾아다니는데 처음 찾아간 'Wombat's City Hostel'이라는 곳은 예상 가격보다 훨씬 비쌌다. 가까운 곳에 저렴한 호스텔이 없느냐고 물어보니 한 블록 안쪽에 가면 16유로에 하루를 보낼 수 있는 곳이 있다고 한다. 당연히 한치의 망설임 없이 밖으로 나와 'Hostel Ruthensteiner'로 향하는데 거리는 불과 100m. 당연히 헬멧을 대충 눌러쓰고 주행하는데⋯⋯.

호스텔 앞에 경찰이 보였다. 여권에 운전면허증, 오토바이 서류까지 완벽하기에 당당히 지나가려는데 나에게 손짓을 했다.

나? 뭐, 잘못 한 거 없는데⋯⋯.

경찰이 나를 세운 이유는 간단했다. 우선 헬멧을 똑바로 쓰지 않았고 오토바이에 GB라는 영국 국가 표시를 하지 않았다는 점. 거기에 핑계도 대지 못할 역주행이란다.

'오~ 신이시여⋯⋯'

호랑이 굴에 들어가도 정신만 똑바로 차리면 산다고 했는가? 일단 여권과 국제면허증, 오토바이 서류를 보여주면서 바로 불쌍한 모드로 들어갔다.

"I'm just student, I didn't know that.(난 단지 학생이야, 정말 몰랐어.)"

어쨌든 법을 어겼으니 3가지 잘못으로 무려 75유로를 내라고 한다. 이럴 땐 내가 이렇게 영어를 잘하는지 놀랄 만큼 엄청난 영어실력이 발휘된다. 학생 신분에 가난한 여행 중이며 정말 몰랐다고⋯⋯ 여권과 서류,

영국에서 인터뷰했던 신문 기사. 보여줄 수 있는 것은 다 보여주었다.

갑자기 여자 경찰이 신문 기사에 관심을 갖는다. 이럴 때 두뇌가 빨리 돌아가는 걸 보면 나는 전생에 앞잡이였음에 틀림없다. 바로 여자 경찰에게 붙어 인터뷰 스토리에 대한 이야기를 시작했다. 결국 헬멧 미착용 벌금 21유로만 그 자리에서 냈다.

21유로…… 그래, 이 정도로 다행이다 생각해야지…….

이때부터 어떤 일이 있어도 나에게 헬멧 미착용과 역주행은 금지사항이 되었다.

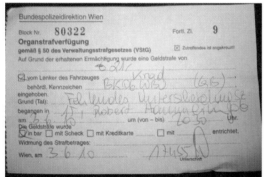

경찰과 여행자

　어느 나라에서나 경찰은 여행자에게 도움의 수단입니다. 여행지에서 길을 잃거나 물건을 분실했을 때 경찰의 도움을 적극적으로 받을 수 있습니다. 하지만 불법(?) 행위를 했을 때 경찰은 도리어 여행의 적이 되기도 합니다.

　러시아나 동유럽은 가끔 경찰들이 돈이나 물품을 요구하는 경우가 있지만 특별히 도둑질이나 위험한 범법 행위만 아니라면 잘못을 뉘우치고 미안하다는 이야기만으로 충분히 용서되는 경우가 많습니다. 아니면 죄목을 줄여주는 경우도 있고요. 그렇지만 그전에 이런 상황을 만들지 않는 것이 가장 좋은 방법이겠죠?

동유럽, 그 중심에 서다

　동유럽. 이름만으로 내가 알던 동유럽은 서유럽과 달리 경제가 어렵고 마약 거래가 유명한 것이 전부였다. 오스트리아를 지나 슬로바키아, 헝가리, 세르비아, 불가리아의 동유럽이 그러했다. 아니, 내가 그렇게 인식을 했더니 그런 식으로 보였다.

　확실히 서유럽보다 개발이 느린 점은 울퉁불퉁한 도로에서부터 알 수 있었다. 지평선이 보이는 넓은 초원에 버스 정류장은 슬레이트로 여기가 대충 정류장임을 표시한 게 전부이고 도심에서도 사람들의 시선이 다르게 느껴졌다. 순간 두려움도 느꼈다.

　하지만 그것도 잠시, 세르비아에서 만난 민박집 사장님 덕분에 동유럽을 조금이나마 가까이 느낄 수 있었다. 동유럽이 처음이라 적응이 힘들다는 나에게 그는 엔진오일을 쉽게 바꾸는 방법과 따뜻한 저녁 그리고 세르비아 커피를 권했다. 또한, 늦은 저녁까지 자신의 사무실 인터넷을 마음껏 사용하게 배려해주었고 끊임없이 말을 걸어왔다. 귀찮을 만큼.

　덕분에 마냥 두려웠던 동유럽에서 서유럽과는 사뭇 다른 매력을 느낄 수 있었다. 사실 동유럽의 매력 중에 안다는 사람만 아는 아름다운 여자를 보는 재미에도 흠뻑 빠져 보았다.

　동유럽에는 밭을 가는 김태희가 있다는 말이 사실이었다.

엔진오일

오토바이 엔진오일 교환 주기는 각기 다릅니다. 이유는 오토바이의 기종 차이와 라이더마다 다른 운행 스타일 때문이죠. 보통 700~1,000km에 한 번씩 엔진오일을 교환하는 것이 원칙이며 짐을 많이 싣거나 장거리 투어일 경우 조금 더 일찍 교환해 주는 게 좋습니다.

저 같은 경우는 영국에서 출발하기 전날 엔진오일을 교환하고 난 뒤 1,100km를 주행하고서야 엔진오일을 교환했지만 장거리 투어일 경우 가능하다면 500·700km를 주행히고 교환하는 것이 좋습니다. 하지만 이렇게 엔진오일을 자주 교환한다고 좋은 것은 아니죠. 그만큼 여행 경비를 써야 한다는 말이므로 지속적으로 엔진오일을 확인하고 적정한 시기에 교환을 해주는 것이 가장 바람직합니다.

50cc 스쿠터로 고속도로를 달리는 짜릿함

베오그라드에서 니스로 향했다. 니스는 불가리아, 세르비아, 그리스 세 나라를 이어주는 길목으로 동유럽 교통의 중심지다. 역시나 대도시에서 길 찾기란 쉬운 일이 아니다. 한참을 헤매고 묻기를 반복하다가 찾은 곳은 E75번 도로. 50cc인 스쿠터로 지나가지 못하는 도로다. 즉, 고속도로. 일단 톨게이트 직원에게 길을 묻느라 다가갔더니 그는 이 길을 지나가면 된다고 말하는데 사실 직원도 정확히 모르는 것 같았다.

동유럽에서부터 교통질서나 법규가 그다지 좋지 않다는 걸 계속 느껴오던 터였다. 뭐, 이 길이 아니면 족히 하루는 더 걸리는 거리니까. 처음으로 고속도로를 달려보는 것이다!

고속도로 티켓을 받고 E75번 도로를 달렸다. 니스에서 길을 찾느라 시간을 보내서인지 고속도로를 빠져나가기엔 시간이 부족했다. 최대한 달린다고 달려도 해는 이미 서산으로 기울어진 상태. 앞이 안 보일 정도로 깜깜해졌는데 도로를 빠져나갈 인터체인지는 족히 100km는 넘게 남았다. 결국 고속도로 위에서 하루를 보내기로 했다. 도로 옆에 스쿠터를 안전하게 주차하고 텐트를 설치하는데, 처음 달려보는 고속도로에 거기다 그 위에서 하룻밤을 보내야 한다니…….

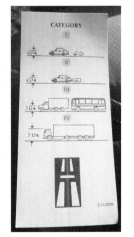

역시 여행을 하노라면 어처구니없는 일은 언제 발생할지 모르는 법!

　똘끼, 50cc 스쿠터로 유라시아를 횡단하다

죽도록 쫓아오는 개

이번 이야기는 주로 자전거 여행자에게 해당하는 이야기지만 속력이 느린 스쿠터 여행자에게도 해당이 됩니다. 어느 지역을 여행하더라도 강아지가 항상 존재합니다. 하지만 길 위에서 만나는 강아지는 그냥 강아지가 아니라 한마디로 '개' 입니다. 야생 개들로 생김새는 아주 늑대 수준인데, 죽으라고 뒤를 쫓아오죠. 그것도 어디에 홀린 듯 혀를 날름거리며 죽을 듯이 쫓아온답니다. 자전거 여행자라면 이럴 때 젖 먹던 힘까지 쏟아부어 달려야 하지만 스쿠터라면 최대 속도라는 한계가 있습니다. 물론 자전거보단 빠르겠지만요. 문제는 눈앞에 오르막길이라도 있을 때는 하늘에 계신 모든 신에게 부탁을 하는 수밖에 없다고 생각되지만 방법은 있습니다.

제가 주로 사용한 방법은 스쿠터 사이드 백에 귀하디귀하게 모셔놓은 초콜릿이었습니다. 이 매력적인 초콜릿 하나만 던져주면 당장에라도 나의 신체 일부분을 물어뜯을 것 같던 놈의 시선이 초콜릿으로 향하고, 도망갈 틈이 생긴답니다. 간단하지요. 기억하세요. 저는 m&m 초콜릿을 사용했습니다.

내 인생 최악의 로드 동유럽

　동유럽의 도로는 스쿠터 유라시아 횡단 중 최악이라 해도 과언이 아닐 정도로 나빴다. 큰 도로를 제외하고 이차선 도로만 나오면 도로의 균열은 물론, 지도에는 길로 표시되어 있지만 시멘트도 아닌 비포장도로까지. 도로의 균열로 흔들리는 스쿠터 때문에 핸들 잡느라, 안전한 주행을 위해 엉덩이 신경 쓰느라 정신이 혼미할 정도였다.

유럽의 셀프 주유

　유럽의 주유소는 대부분 셀프 주유 시스템입니다. 동유럽에만 직원이 직접 넣어 주는 곳이 종종 있지만 아무런 정보가 없는 상태에서 셀프 주유를 하기란 생각보다 어렵습니다. 한국도 요즘 셀프 주유가 유행처럼 번지고 있죠. 그럼 유럽의 셀프 주유에 대해 잠깐 설명하겠습니다. 유럽의 셀프 주유는 두 가지 방식으로 처음부터 마지막 계산까지 직접 하는 방법과 셀프 주유를 마치고 매장 안으로 들어가 직원에게 계산하는 방식입니다. 하지만 영업이 끝나면 현금이 아닌 카드로만 계산해야 하므로 주의해야 합니다. 영국에서 처음 오토바이를 샀던 날이 생각나는군요. 돌아오는 길에 기름이 없어 주유소 앞에 앉아 아침을 맞이한 경험이 있거든요. 저같이 몰상식한 분이 더 이상 없기를……

셀프 주유 방법

- 차를 주유기 옆에 세운다.
- 경유와 휘발유를 잘 구분하여 주유기를 선택하고 주유기를 연료 투입구에 넣는다.
- 원하는 연료만큼 손잡이를 당긴다. (연료가 가득 차면 주유가 자동으로 멈춥니다.)
- 주유가 끝나면 주유기를 다시 걸어놓는다.
- 주유기마다 고유 번호가 크게 붙어 있으므로 나의 주유기 번호를 확인한다.
- 직원이 있는 매장으로 가서 주유기 번호를 말하고 계산한다.

　※ 프랑스에서는 경유가 가스오일Gasoil로 표시되어 있습니다. 휘발유를 영어로 가솔린이라 부르기 때문에 혼동할 수 있으니 주의해야 합니다.

　※ 휘발유에도 옥탄가 95, 98 등으로 차이가 있습니다. 대부분 오토바이 연료 투입구에 적혀 있으니 그에 맞춰 주유하면 됩니다. super, super plus와 같은 문구는 휘발유 질의 차이입니다.

경유와 휘발유 구분

구분	주유기	연료 표시
경유	표시	Diesel, Disel, Derv, Gasoil, Gasoleo, Gazole 등
	주유기 색	황색 또는 검정색
휘발유	표시	Essen sans plomb, Blifrei normal, Gasolina sin plombo 등
	주유기 색	녹색 또는 청색

확실한 게 좋아!

동유럽을 지나면서 잠시 고민에 빠진 적이 있다. 잠깐 핸들을 꺾어 오른쪽으로 가면 그냥 유럽 일주를 했다고 말할 수 있다.

동유럽도 나름 두려운 나라였는데 앞으로 거쳐 갈 중동과 아시아는 상상을 초월할 것이라는 두려움이 있었다. 물론 설렘도 있었지만……. 그래서 확실하게 하고 싶었다.

달리던 스쿠터를 잠시 멈추고 몇 시간 동안 혼자서 진지하게 생각해 보았다. 그리고 다시 출발을 결정하면서 유일하게 항공권 예약 번호가 남아 있는 프린트를 들고 과감하게 찢어버렸다.

그래! 두려움보다 설렘을 즐기자!

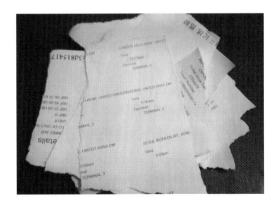

나랑 잘래?

드디어 동유럽의 끝이 보인다.

오후 7시가 되어 불가리아 플로브디프라는 도시에 도착했다. 메리타라는 숙소에서 하루를 보내기 위해 짐을 풀었다. 말끔히 샤워하고 허기진 배를 달래기 위해 식당으로 향하는데 분위기가 이상하다.

넓은 초원의 큰 도로 옆에 건물 하나 달랑 위치한 메리타 숙소는 도시와는 많이 떨어져 있어 유럽과 아시아를 오가는 화물 기사들 전용 숙박업소이다. 여기서 분위기가 이상하다는 말은 이런 곳에, 그것도 식당에 유독 여자가 많다는 것.

아니나다를까, 저녁 메뉴를 고르는 나에게 한 여성이 음흉한 미소를 보이며 다가와 친근하게 대하는데…… 무서웠다. 가뜩이나 주방에서 일하는 직원과 사장으로 보이는 남성들의 근육은 나를 제압하기에 충분해 보였기 때문.

적당히 비위를 맞춰주며 식사를 하는데 역시나……

내 옆에 앉아 있던 여자가 왼손을 둥그란 모양으로 말고 오른손 검지를 넣으며 잠자리를 위한 금전 표시를 했다. 나는 그저 웃으며 돈이 없다고 정중히 거절했다. 그런데 아까 메뉴를 고르며 괜히 민망해 농담 몇 마디를 던져 그들을 웃겨주었더니 돈 없으면 너는 특별히 공짜로 해준단다! 정말 그러지 않아도 될 것을……

나 참, 빼도 박도 못할 상황에 맛있게 먹고 있던 저녁을 한 번에 내뱉을 뻔했다.

'이래 봬도 아직 순수한 청년이랍니다.' 라고 말해주고 싶었지만, 영어
도 통하지 않고, 그냥 빨리 식사를 마치고 올라가자는 생각뿐!

서둘러 밥을 삼키듯 먹었다. 그러고는 식당에서 아저씨와 누나들과 적
당히 놀아주다가 몰래 방에 들어간 뒤 문단속을 단단히 하고 누웠지만,
옆방에서 들려오는 여인네의 신음소리는 어쩔 수 없었다.

"아~ 오늘 잠 다 잤구나."

킬로미터와 마일의 차이

국가에 따라 거리 단위인 마일과 킬로미터 두 가지를 사용합니다. 로마 시대에 사용된 행군한 거리를 나타내는 기호에서 유래한 마일과 미터법에 의한 길이 단위인 킬로미터는 1마일에 약 1.6킬로미터입니다.

저는 스쿠터를 영국에서 구매했기 때문에 계기판이 마일로 표시되어 있었습니다. 하지만 영국을 제외한 유럽 국가는 모두 한국과 같이 미터법을 사용하므로 큰 불편함이 없지만, 상식으로 킬로미터와 마일의 차이를 알고 여행하는 것도 좋을 것 같습니다.

터키는 정말 형제의 나라였다

드디어 유럽을 지나 터키에 입
성했다. 우선 국경 사무소부터
분위기가 달랐다.

"Oh~! My brother!(오~! 나의
형제여!)"

그렇다. 다들 알다시피 터키와
한국은 오랜 역사에서부터 형제
의 나라다. 동유럽에서부터 삼엄
한 분위기의 국경 사무소가 적응
하는 데 힘들었지만, 터키라는
나라만큼은 예감이 좋았다.

그래, 우린 형제의 나라야!

그런데 도착하자마자 비구름
이 나를 맞는다.

터키의 문화

앙카라를 수도로 두고 있는 터키는 여덟 나라와 국경을 맞대고 있는데 북서쪽으로는 불가리아, 서쪽으로는 그리스, 그 외에 조지아, 아르메니아, 아제르바이잔, 이란, 이라크, 시리아, 북쪽에는 흑해가 있습니다. 과거부터 실크로드의 종착지로 유럽과 아시아를 잇는 대단히 중요한 지정학적 요지를 차지하고 있죠.

우리 나라와 지리상으로 무려 만 킬로미터에 이를 정도로 먼 곳에 떨어져 있지만, 터키가 한국전쟁 당시 많이 도와준 의미로 형제의 나라라는 호칭이 붙었습니다. 또한 투르크 민족의 조상이 돌궐족이며, 돌궐과 고구려가 중원의 거대한 당나라 세력에 맞서기 위해 동맹 관계를 맺었다는 이야기가 있습니다. 놀랍게도 터키의 친구들도 이러한 역사를 모두 알고 있더군요.

터키의 공용어는 터키어이고 주요 종교는 이슬람입니다. 하지만 터키의 영웅인 초대 대통령 무스타파 케말 아타튀르크는 정치와 이슬람 종교를 분리하고 여성 참정권을 부여하는 등 민주화를 정착시켰습니다. 공공장소에서 히잡을 못 쓰게 했죠. 그렇기에 터키에 있으면 모든 문화가 자유롭게 공존하고 있다는 느낌을 받을 수 있습니다.

아나톨리아와 동트라키아 사이로는 마르마라 해와 다르다넬스 해협, 보스포루스 해협이 있는데, 이 바다는 유럽과 아시아의 경계로 인식되어 터키는 두 대륙에 걸쳐 존재하는 재미있는 나라입니다. 이러한 지리적 이유로 유럽연합과의 관계도 애매모호한데요. 터키의 한 기자가 이런 말을 했습니다.

"터키와 유럽연합의 관계는 마치 집안끼리의 혼사 같다. 그들은 약혼식은 올렸으나 결혼 조건들에 대한 요구들이 너무 달라 결혼이 이뤄질 것 같지 않다. 그들은 영원한 약혼자로 남을 것이다." —— 힐밀 토러스(전 AP 통신 기자, 현 터키 프리랜서 기자)

유럽과 아시아를 이어주는
실크로드의 종착지 이스탄불

영국에서 이름이 한국말로 욕과 비슷하여 친해진 터키인 친구 시벨 Sibel의 남편이 이스탄불에서 나를 기다리고 있었다. 아직 영국에서 공부 중인 시벨이 이스탄불에 가면 자신의 집에 머물라고 배려한 것이다.

유럽과 아시아를 이어주는 실크로드 종착지인 이스탄불. 역시 그 명성만큼 이스탄불의 교통은 초행길인 사람이 절대! 알 수 없을 정도로 복잡하게 이루어져 있다. 예상했지만 이리 복잡할 줄은 몰랐다. 가지고 있는 주소를 물어물어 찾아가느라 노력하는데, 최소 왕복 14차선은 넘어 보이는 도로에 꽉 막힌 자동차들 사이로 숨통이 막힐 지경이다. 다시 한 번 길 옆에 세워진 차에 다가가 길을 물어보려는데 내가 묻기도 전에 그 사람이 나에게 물었다.

"Are you JUN OH?(네가 준오니?)"

어라? 이 사람이 어떻게 나를 알까?

시벨의 남편인 칸이 복잡한 이스탄불 도로 때문에 내가 길을 잃을까봐 걱정하여 미리 길목까지 나와 있었던 것이다.

이때부터 나의 부유한 터키 여행이 시작되었다.

이스탄불에서 느낀 형제애

칸의 집에서 이틀을 보내면서 여행 경비를 한 푼도 쓰지 않았다. 칸의 차를 타고 이스탄불 시내를 구경했고 칸의 친구들과 함께 터키의 음식과 문화를 체험했다. 세계적으로 유명한 터키 전통 육류 요리인 케밥의 원래 뜻은 '꼬챙이에 끼워 불에 구운 고기'이며 주로 닭, 소, 양고기를 구워 얇게 썰어 먹는다. 이슬람 문화의 전통으로 돼지고기는 먹지 않기 때문에 터키의 모든 음식에 돼지고기는 제외된다.

돼지고기에 얽힌 재미난 이야기가 하나 있다. 영국 생활 때 나의 룸메이트는 터키 출신의 머트Mert였다. 하루는 라면을 끓여 먹을 때 룸메이트에게도 라면을 권했다. 머트는 당연히 돼지고기가 포함되었는지 물었다. 나는 대충 '소고기만 들어 있어.'라고 둘러댔고 머트는 맵지 않게 우유와 치즈가 들어간 라면을 맛있게 먹었다. 나중에서야 라면 봉지에 적인 돼지고기 첨가 글을 읽고 머트에게 조심스레 미안하다고 말했다.

"Oh my GOD!!"

머트는 심각하게 놀라며 조용히 화장실을 다녀왔다. 아마 구토를 했던 것 같다. 돌아와서 "나는 돼지고기가 들어 있는 것을 모르고 먹었으니 네가 알라에 의해 지옥에 갈 거야!'라고 말하며 펄쩍펄쩍 뛰던 게 어찌나 웃기면서도 미안하던지.

처음에는 인도와 같이 소를 숭배하는 사상으로 이슬람에서도 돼지를 숭배하기 때문에 먹지 않는다고 생각했었다. 하지만 이슬람에서 돼지고기를 먹지 않는 이유는 크게 두 가지로 나뉜다. 우선 코란에서 돼지는 더러운 동물이라는 사고방식이 있다. 두 번째로는 그들이 돼지를 키우기 어려운 환경에서 살았기 때문이다. 돼지는 소나 양처럼 풀만 먹고 살 수 없을 뿐더러 물이 부족한 지리적 환경으로 돼지를 키우는 건 사치였기 때문이다.

늦잠을 자고 일어나면 칸과 함께 차를 타고 가서 레스토랑에서 식사했고 밤이 될 때까지 드라이브를 즐겼다. 저녁이 되면 칸의 친구를 불러 터키 차로 유명한 '차이'를 마시며 하루를 마쳤다. 터키인의 삶 속에 결코 빠질 수 없는 세 가지가 차이와 담배 그리고 축구이다. 그 중 '차이'는 홍차를 생각하면 이해가 빠를 것이다. 호리병처럼 생긴 얇은 유리잔에 차와 기호에 따라 넣어 마실 수 있게끔 각설탕을 준다. 나도 터키에서부터 중동 여행 내내 쓰면서도 달짝지근한 차이의 매력에 빠지게 되었다.

나는 왕이다

칸이 직장에서 휴가를 받아 영국에 있는 부인 시벨을 보기 위해서 떠나야 했기에 우리는 헤어져야 했다. 그는 이미 영국행 항공권을 예약해둔 상태였다. 처음부터 칸은 자신이 없더라도 빈집에 얼마든지 머물러도 괜찮다고 말했지만, 나로서는 주인이 없는 집에 혼자 있는 건 부담이었다. 이참에 칸이 떠나는 날 앙카라로 출발하기로 했다. 한데 그날 저녁 터키의 '차이'로 뭉친 모임에서 다른 방향으로 일이 풀렸다.

저녁에 칸의 친구들과 함께 '차이'를 마시는데 칸의 친구가 자신의 지인 중 한 명이 오토바이를 좋아하는데 그 친구에게 이야기하면 그 집에서 묵으며 안내도 받을 수 있을 것 같다고 말했다. 우린 주저 없이 전화를 걸었고 여행 스토리를 들은 그 친구는 놀랍게도 직접 찾아왔다. 지금도 연락하며 안부를 묻는 세지라는 친구는 일명 터키의 터프 걸이다. 그녀는 내 여행 이야기가 재미있었는지 바로 오토바이를 타고 달려왔고 활발한 성격이 나와 맞아 금방 친해질 수 있었다. 우리에게 오면서 미리 남편에게까지 이야기했다며 남편도 오토바이 여행을 좋아한다고 했다. 유럽을 거처 이제 중동을 지나야 하는데 터키에서 모처럼 오토바이에 대해 잘 알고 있는 친구를 만나 정보 공유하면 좋겠다 싶어 냉큼 그녀의 제안을 받아들였다. 칸이 영국으로 떠나는 날 영국 친구들에게 쓴 안부편지를 전해주고 배웅했다.

세지를 따라 다음 휴식처인 그녀의 집으로 향했다. 1,000cc가 넘는 세지의 바이크는 그 힘이나 속도 역시 50cc인 내 스쿠터로 따라가기 역부족이었다. 세지가 앞장서서 200m 정도 달리고 한참을 기다렸다 다시 출발하기를 수십 번 반복하고서야 세지의 집에 도착했다. 미리 연락을 받고 나를 반갑게 맞아준 세지의 남편 머트는 영국 생활 때 내 룸메이트의 이름과 같아서 그런지 바로 친해질 수 있었다. 이때부터 나는 이스탄불에서 왕이 되었다.

세지의 집은 칸의 집과는 달리 이스탄불 시내에 있어 매일같이 함께 오토바이를 타고 이스탄불 시내를 누볐다. 세지와 세지의 남편 그리고 친구들은 모두 1,000cc가 넘는 오토바이를 타고 있었는데, 50cc의 줌머가 가운데 자리 잡고 달리는 게 마치 왕처럼 보디가드가 나를 경호하는 모습이었다. 주차할 때에도 그들의 바이크에는 모두 경보기가 달려 있고 보험에 가입되어 있다며 줌머를 둘러싸서 주차하는 모습이 사뭇 재미있기도 했다. 이때는 몰랐지만 세지와 머트는 나를 위해 하루에 한 번씩 돌아가며 회사에 연차를 냈다고 한다. 함께 이스탄불 명소를 둘러보며 현지인으로부터 직접 터키 역사를 듣고 식사도 매일 대접받으니 항상 고마우면서도 미안한 마음이 들었다.

    그렇게 즐거운 이스탄불 생활을 접고 나는 다시금 유라시아 횡단 출발 준비를 했다. 세지의 도움으로 스쿠터 바퀴를 교환하고 항상 헬멧을 착용하면 눈을 찌르던 머리카락을 스포츠로 말끔히 밀어버렸다. 앙카라로 떠나는 날 그들을 위해 조금이나마 선물을 하고 싶어 레스토랑에서 꽃과 케이크를 몰래 준비해 깜짝 파티를 열었는데 그들의 눈망울에 맺힌 눈물이 아직까지 생생하게 기억난다.

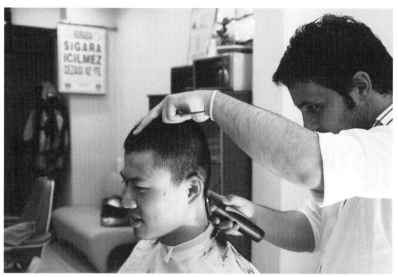

134   똘끼, 50cc 스쿠터로 유라시아를 횡단하다

Tip

다양한 터키 음식

여행 경비를 줄여야 했기에 숙박비와 식비를 최대한 아끼며 여행을 했지만, 터키에서 워낙 좋은 대접을 받아서 터키의 유명한 음식은 죄다 먹어 본 것 같습니다. 주로 케밥류와 함께 바게트 모양의 빵을 잼이나 치즈에 찍어 채소를 곁들여 먹는데요. 물론 식사에 '차 이'는 빠질 수 없는 메뉴입니다.

그 외에도 우리 식으로 동그랑땡에 가까운 쾨프테류와 얇은 빵 위에 고기 또는 치즈 및 채소를 얹고 오븐에 구워내는 피자 맛의 피데류, 양의 대장을 불에 구워서 고추와 마늘을 다져 넣고 먹는 코코레츠, 양의 내장을 고아서 만들어 곰탕 맛이 나는 터키인의 해장국 이 슈켐베 등 정말 다양한 음식들을 맛보았습니다. 현재는 모두 터키 민족이라 불리지만 과 거 돌궐족부터 그리스, 아랍, 페르시아, 러시아, 유럽계 민족들과의 교류와 혼혈로 탄생한 민족이니만큼 음식 또한 다양한 요리들로 넘쳐납니다.

Part

3

진정한 여행이 시작되는
중동

'no'를 거꾸로 쓰면 전진을 의미하는 'on'이 된다.
모든 문제에는 반드시 문제를 푸는 열쇠가 있다.
— 노먼 빈센트 필

소년, 처음 사막에 가다

배낭여행이 아닌 여유로운 관광을 하다시피 한 이스탄불에서의 추억을 뒤로 하고 세지, 머트와 아쉬운 작별을 했다. 그들은 회사에 지각하는 것을 무릅쓰고 함께 짐 싸는 것을 도와주었고 그것도 모자라 유럽과 아시아를 이어주는 보스포러스 대교 너머까지 배웅해 주었다. 보스포러스 대교를 건너와 마지막으로 머트가 나를 따뜻하게 안아주며 말했다.

"이제 우리가 서 있는 곳이 아시아 대륙이니까 고향에 조금 더 가까워졌어. 도착하는 그날까지 페이스북을 통해 널 응원할 거야. 넌 정말 멋진 놈이야!"

나도 그를 힘껏 껴안았다. 그리고 한없이 커 보이던 그의 덩치에 어울리지 않는 굵은 눈물을 보았다. 불과 며칠 함께했다고 이런 대접에 진한 정까지 느낄 수 있단 말인가······.

나도 눈물이 나오려 했지만 꾹 참았다. 아버지와의 약속을 위해······.

"부릉~!"

오랜 휴식을 마치고 엔진오일과 타이어까지 교체해준 나의 애마 줌머. 오랜만에 달리려 하니 흥분되는지 소리부터 다른 느낌을 받는다.

앙카라를 향해 달리는데 세지와 머트가 내 눈앞에 계속 아른거린다. 아무리 터키가 형제의 나라라지만 우연히 만난 나에게 잠자리며 먹을 것, 필요한 것, 이 모든 걸 챙겨준 그들이 정말 고맙다. 나의 스쿠터 여행에 관심을 가져주고 이런 대우까지 해주는 것이 민망하리만큼 이들은 나에게 잘해주었다. 절대 잊지 못할 그들을 뒤로하고 나는 다시 달린다.

내 길을 향해!

좋아! 이제부터 아시아로 달려보자!

이스탄불의 복잡한 도로에 이미 진땀을 흘려봤기에 전날 머트의 도움으로 앙카라로 가는 쉬운 길을 지도에 표시해두었다. 사흘 동안 머트와 함께하며 오토바이 정비나 터키 표지판 읽는 법 등 다양한 정보를 얻었지만, 무엇보다 큰 정보는 세지가 터키에서 오토바이를 좋아하는 라이더 연합 홈페이지에 내 이야기와 사진을 올린 글이 큰 화제가 되었고 다음 여정인 앙가리에서는 벌써 니를 재워주겠디는 사람들로 싸움이 일어날 지경이라는 것이다. 그 중 세지가 개인적 친분이 있는 사람을 소개했다. 그의 이름은 교칸. 그는 나의 여행 이야기를 듣고 흥미가 생겨 내가 오기만을 기다린다고 했다.

이스탄불에서 앙카라는 450km 이상 떨어져 있다. 내 스쿠터로는 최소 8시간을 쉬지 않고 주행해야 하는 거리다. 다행히 실크로드 대표국가답게 터키의 도로는 아스팔트가 잘 깔린 편이라 주행에 불편함은 없었다.

D100번 도로를 따라 주행하는데 세지가 터키에서 가장 좋아하는 코스가 있다며 지도에 표시해 준 곳이 나타났다. 우리 나라 설악산의 한계령과는 차원이 다른 높이의 산맥들을 거슬러 올라가는 동안, 뱀처럼 구불구불한 그 코스를 세지가 왜 추천했는지 이유를 알 것 같았다. 커브길이 많은 오르막은 시속 10km를 겨우 넘겨 낑낑대며 올라갔지만, 내리막은 나도 모르게 속도를 내다가 종종 마주치는 화물트럭에 치여 죽을 뻔한 상황이 펼쳐지곤 했다.

높은 산맥을 넘고 넘기를 두어 시간. 마지막 오르막길을 오른 뒤 나도 모르게 스쿠터를 잠시 멈추었다. 헬멧을 벗고 내 눈을 의심했다. 여행 중 아름다운 곳이 나오면 스스로에게 보상이라도 하듯 아껴둔 초콜릿을 꺼

내 먹는 버릇이 생겼는데, 천천히 가방에 숨겨둔 초콜릿을 꺼냈다. 그리고 스쿠터를 그늘 삼아 자리에 앉아 바라보았다. 내가 앉아 있는 언덕 위의 길을 따라 한참 내리막길이 보이다가 한없이 펼쳐진 평지의 끝에는 지평선이 보이고 길 주변으로는 아무것도 없다. 아니 정확히 말하면 벌거벗은 바위로 된 돌산과 모래뿐.

그래! 소년, 처음으로 사막을 접하는 순간이다.

사진이나 텔레비전에서만 보았던 사막을 직접 눈으로 보니 내가 마치 지구라는 별이 아닌 다른 행성에 온 것 같은 기분이 들었다. 그나저나 초콜릿이 녹아서 씹어 먹는 건지 핥아 먹는 건지…….

고온 건조한 사막의 기후는 그늘에 숨어 바람만 살짝 불어 준다면 숨 쉴 정도는 된다. 하지만 사막의 문제는 그늘이 없다는 것! 뭐든지 적당히 경험하는 것이 좋다 했던가. 그토록 신기했던 사막이건만 끝없이 보이는 사막과 지평선은 금세 나를 지치게 했다. 그리고 하루 동안 가려 했던 450km의 거리 또한 만만치 않은 것임을 충분히 확인했다. 앞으로 이란 과 파키스탄의 사막은 어떻게 지나야 할지 걱정이다.

결국, 저녁이 되어서야 앙카라 시내가 보였다. 앙카라에서 교칸이 나 를 반겨준다.

보호 장비

오토바이 여행을 한다면 필수품인 보호 장비! 오토바이 보호 장비도 여러 종류가 있습니다. 대표적으로 헬멧, 무릎 보호대, 팔꿈치 보호대, 장갑이 있으며 그 외 허리, 가슴 보호대 등 다양한 종류가 있죠. 단 한 번의 사고를 막기 위해 보호대를 착용하지만 이런 보호대로 목숨을 건진다면 충분한 가치가 있겠죠? 앞서 설명한 헬멧을 제외하고 무릎, 팔꿈치 보호대와 장갑을 설명할까 합니다.

무릎, 팔꿈치 보호대— 오토바이가 넘어질 경우 관절부위를 보호하기 위한 장비입니다. 기본적인 보호 장비로 가격대는 최소 1, 2만 원에서 20만 원까지 다양하게 있습니다.

장갑— 사고가 났을 때 대표적으로 지면에 먼저 닿는 부분이 손바닥입니다. 장갑으로 상처를 보호함은 물론이고 바닥에 쓸릴 경우 화상을 예방하며 주행 중 미끄럼 방지까지 다양한 기능을 수행합니다.

앙카라에서 만난 교칸과 하끼

앙카라에 온 가장 큰 목적은 비자 발급이다. 터키를 지나 중동, 아시아의 대부분 국가에서 비자가 필요하기 때문이다. 이상하게도 유럽은 비자 없이 여권만 있으면 되는데 아시아에 있는 한국인이 아시아를 가기 위해선 여러 국가가 비자를 요구한다.

아직 정확한 루트를 정하지 않았기 때문에 꼭 지나야 하는 이란, 파키스탄, 인도, 중국 비자를 터키에서 받기로 했다.

전날 450km가 넘는 장거리 주행으로 피곤했는지 오후 1시가 지나서야 눈을 떴다. 프리랜서인 교칸은 오전에 벌써 일을 마치고 내가 일어나길 기다린 듯 나를 위해 식사 준비를 했다. 역시나 터키 전통 식사인 빵과 각종 치즈, 잼 그리고 빠질 수 없는 '차이'로 빈 속을 달랬다. 우선 한국 대사관으로 향했다. 이란과 파키스탄은 비자를 받기 위해 한국 대사관 추천서를 받아야 한다. 앙카라 중심에 있는 한국 대사관은 주택처럼 생겼다. 추천서를 받기 위해 간단한 서류를 작성하는데 여행 목적을 적는 항목이 있다. 잠시 생각에 잠겼다가 빈칸을 채워 내밀었더니 대사관 직원이 당황하신다.

"집으로."

예상하고 있었지만, 비자를 기다리는 데 이란 10일, 중국 5일, 인도 5일이나 걸린다고. 파키스탄의 경우 대사관 직원이 왜 하필 자신의 나라에 가려고 하느냐며 문전박대했다. 파키스탄 비자가 힘들 것이라 예상은 했었다. 하지만 한국 대사관에서도 겨우 파키스탄 추천서를 받았기에 포기하지 않고 다음 날 다시 찾아갔다. 같은 직원이 내 얼굴을 보자 표정이 일그러진다. 나는 억지웃음을 지으며 꼭 파키스탄에 가야 한다며 사정했지만, 직원은 지금 파키스탄 사정이 좋지 않아 불가능하다고 딱 잘라 말했다. 결국, 3일째 파키스탄 대사관과 씨름을 하고서야 결론이 났다. 파키스탄 직원은 나를 세 번째 보는 순간 경비를 불렀고 경찰에 신고하겠다고 엄중히 경고했다.

나중에야 깨닫게 되었지만 비자 같은 문제는 국가 간의 문제이므로 내가 어떻게 한다고 되는 것이 아니다. 그리고 한국 대사관에 파키스탄으로부터 당분간 터키에서 한국인에게 비자를 줄 수 없으니 추천서를 발급하지 말라는 메일이 왔다고 들었다. 한국 대사관에서 이 말을 듣고는 민망하고 창피해서 얼굴이 붉어졌다.

본격적으로 중동과 아시아를 여행하기 위해 비자를 기다리는 데 많은 시간이 소요될 것 같아 교칸에게 장기간 머물 것 같다고 말했다. 나흘 동안 함께 지내던 교칸이 지방 촬영 때문에 출장을 가야 하는 일이 생겨서 나에게 하끼를 소개했다. 그는 40대 후반으로 오프로드용 혼다와 하야부사를 보유한 오토바이광이라 해도 손색이 없는 분이었다. 그의 누이가 영국 남자와 결혼했는데 살고 있는 곳이 내가 1년 동안 지낸 브라이튼. 우리는 여기서 공감대가 형성되었고 나도 예상치 못하게 하끼의 집에서 무려 2주 동안 지내게 되었다.

휴지 없는 중동 화장실

 이슬람 문화인 중동에선 화장실에서 용변 후 화장지를 사용하지 않고 왼손으로 물을 이용하여 씻습니다. 그러므로 화장실에 휴지는 없고 수도꼭지나 샤워기가 있죠. 한 번도 그런 경험이 없는 저도 중동을 여행하면서 항상 화장지를 들고 다녔지만 급하게 화장실을 가야 할 땐 어쩔 수 없이 왼손을 사용한 경험이 있습니다. 지금은 공항이나 호텔 같은 곳에 화장지를 비치해 두고 있지만 저처럼 현지인과 함께 돌아다니는 여행에선 필수품으로 화장지를 들고 다녀야겠죠? 기억해두세요, 왼손입니다.

터키에서 휴식을

하끼는 내가 머무는 동안 터키 문화를 보여주려 노력했다. 특히 아타튀르크에 대한 이야기를 많이 들려주었다. 또한, 나에게 순네트Sunnet라는 문화를 소개해 주었는데 이슬람의 할례 의식이라 보면 된다. 이는 남성에게만 행하는 의식으로 한국에서는 포경수술이라 일컫는다.

순네트는 한국의 돌잔치처럼 큰 행사다. 하끼의 소개로 갔던 곳은 앙카라에서 유명하다는 '하시바바hacibaba' 레스토랑이었다. 전문 MC와 가수에 악단까지 부를 정도로 상당히 부유한 집안으로 보였고 코스로 나오는 요리를 보아도 내가 있을 만한 자리인지 의문이었다. 하지만 하끼의 친구들이 내 이야기를 듣고 놀라면서 한편으로 흥미를 가져주었고 나는 이런 순네트 행사가 신기하게 느껴졌다.

앙카라에서 비자를 기다리는 동안 하끼와 함께했던 또 하나의 추억은 오프로드 전용 모터사이클 모임이었다. 어느 날 하끼가 바비큐 파티를 가자며 아침부터 나를 깨웠다. 할 일이 없으면 들렀던 하끼의 전용 바이크 가게로 향했다. 그곳에는 이미 많은 사람들로 북적였다. 다들 계기판이 없는 오프로드용 바이크를 점검하며 트럭에 싣는 모습을 보고서야 오늘 뭘 하려는지 알게 되었다.

하끼는 사장에게 말해 나에게도 오프로드용 바이크를 하루 동안 빌려주었다. 모든 바이크를 트럭에 싣고 앙카라를 벗어나 허허벌판의 넓은 초원에 모래로 트랙을 만든 경기장에 도착했다. 이곳을 자주 다니는지 도착하자마자 한 시간도 지나지 않아 모래 트랙뿐인 경기장에 천막과 테이블, 의자, 바비큐 파티까지 준비되었다. 심지어 바이크 시동을 걸며 옷까지 갈아입은 상태다.

처음으로 오프로드 전용 바이크를 몰아보니 바이크의 힘이 장난이 아니라는 걸 느낄 수 있었다. 사실 처음에는 엄한 자존심에 성인용 바이크를 몰다가 넘어지길 수십 번. 결국, 중급용 바이크로 바꾼 뒤에 오프로드의 묘미를 즐기기 시작했다. 스트로크를 당기면 당길수록 오토바이 의자에 전해지는 엔진 소리는 한 마리의 몬스터를 길들인다는 표현이 맞을 것 같았다.

코스는 두 가지로 10m 가량의 높은 모래 언덕이 많이 비치된 A코스와 그에 비해 높이가 3~5m 가량의 비교적 초급 코스인 B코스가 있었다. 당연히 나는 B코스만 경험했다. 모래에 타이어가 묻혀 헛돌며 코너를 도는 짜릿함과 비록 작은 언덕이지만 바이크가 공중에 뜰 정도의 점프 스릴감은 청룡열차 가장 앞에서 눈 뜨고 타는 정도와는 비교할 수준이 아니었다. 아! 스위스와 독일 국경에서 경비행기를 타며 알프스 산맥을 보는 정도라 할까?

신비의 땅 카파도키아

비자를 기다리는 동안 하끼의 집에 계속 머물기가 미안하면서도 지루해졌다. 그래서 터키의 지도를 펼쳐놓고 하끼에게 앙카라 근처 여러 명소에 대해 알려달라고 했다. 그때 내 귀에 들어온 게 카파도키아였다. 벨기에 만화가 피에르 클리포드가 카파도키아를 여행하면서 영감을 얻어 만화 스머프를 만들었다고 한다. 카파도키아에 가기로 결심했을 때 마침 한국의 네이버캐스트 추천 여행지로 카파도키아가 소개되었다. 나는 당장 스쿠터에 짐을 꾸렸다. 하끼에게 3일 정도 뒤에 돌아오겠다고 말하고 오랜만에 시동을 걸었다. 앙카라에서 350km 정도의 거리는 이제 나에게 가까운 곳으로 느껴졌다. 중간에 두어 번 휴식하는 것만으로 7시간 주행후 카파도키아에 도착했다.

카파도키아는 정말 모든 말과 감탄사조차 사라지게 만드는 곳이었다. 영화 〈스타워즈〉의 배경이기도 했던 이곳은 살아오는 동안 한 번도 본적 없는 풍경임에 틀림없었다. 너른 벌판에 솟아오른 기기묘묘한 기암괴석들이 혼을 사로잡았고 멀리 우뚝 솟은 바위성인 우치사르는 카파도키아에서 위치를 확인해주는 북극성이다. 도착한 지 몇 시간이 지났을까? 이제 막 해가 저물며 카파도키아의 중심인 붉은 로즈 밸리Rose Valley 위로 그 이름처럼 붉게 스러지는 저녁 노을은 인간의 그 어떤 언어로도 표현할 방법이 없었다.

저녁 노을에 빠져버린 나는 우치사르 앞에서 야영하기로 마음먹었다. 노을만큼 일출 또한 예쁠 것이라 상상하며 텐트를 치고 있는데 우치사르 앞에 위치한 상점에서 누군가 나에게 손짓을 한다. 관광 상품을 팔려는 줄 알고 당연히 돈이 없다고 손을 저었는데 그 터키인이 나에게 다가오며 "안녕하세요?"라고 한국말을 건넨다.

한국어를 공부하기 위해 1년간 한국에 살았다는 그의 이름은 이루마이다. 1년의 세월이 헛되지 않았는지 한국말이 제법 능숙했다. 그는 왜 이런 곳에서 노숙을 하느냐며 나에게 자기 집에서 자라고 권유했다. 나야 당연히 고맙게 받아들였다. 이렇게 새로운 친구를 사귀나 싶었는데 상점에서 문 닫기를 기다리다가 우연히 만난 일본인과 이루마 친구들까지 갑자기 4명이 모였고 우리만의 파티를 열기로 계획했다. 이루마가 가게에서 몰래 빼온 와인 두 병과 맥주 그리고 안주로는 나의 보물인 라면을 끓였다.

처음에는 각자 자기 소개와 한국, 터키, 일본의 문화를 이야기했지만

똘끼, 50cc 스쿠터로 유라시아를 횡단하다

시간이 흐를수록 자신의 미래에 관한 이야기를 나누게 되었다. 나아가 사회, 정치에 대한 이야기를 나누는데 전혀 지겹거나 따분하지 않았다. 그 시간이 서로간에 유익한 시간이었다고 지금도 생생하게 기억한다. 가장 큰 주제가 세계화에 걸림돌이 된다는 이슬람 문화였다. 그 주제로 많은 이야기가 오갔는데 이루마와 그의 친구는 이슬람 문화가 존재하는 이유만으로 남녀 불평등의 문제가 야기되고 피를 흘리는 전쟁이 일어나기도 하지만 이슬람 문화로 인해 터키가 여기까지 성장할 수 있었다는 아이러니한 발언을 했다. 그렇게 새벽 4시가 지나서야 우리 모두 성공한 뒤 다시 이 자리에서 만나 굳은 형제애를 확인하자는 뜨거운 원 샷을 하고서 잠이 들었다.

다음 날, 역시나 두터운 형제애를 너무 과시한 나머지 일출은 보지 못한 채 본격적으로 카파도키아를 둘러보았다. 우치사르, 로즈 밸리, 개구쟁이 스머프의 배경이 된 파샤바 계곡의 버섯바위 등 신기한 자연 풍광이 넓게 펼쳐져 있었다. 다시 보아도 할 말을 잃게 하는 카파도키아의 야경까지…….

네이버에 소개되어 그런지 카파도키아를 여행하면서 유독 한국 관광객을 많이 보았다. 마침 한국과 우르과이 월드컵 경기가 열려 20명이 넘는 한국 사람이 카파도키아 한 곳에 모여 응원하는 진풍경이 펼쳐지기도 했다.

장소 불문 비박 요령

저렴한 여행자라면 경비를 아끼기 위해 비박을 하는 것은 당연한 진리겠죠? 제가 스쿠터 전국 일주를 했을 당시 텐트도 없이 침낭만으로 하늘만 가린 정자나 건물에서 비박을 했지만, 유라시아 횡단에는 텐트를 가지고 캠핑을 했습니다. 유럽의 캠핑장이나 길 옆, 잔디밭, 심지어 사막에서도 하루를 지냈지만 가장 위험한 상황은 비가 올 때입니다. 이럴 땐 될 수 있으면 실외 취침을 피해 공항이나 터미널 등 공공기관을 이용합니다.

비박 요령에 대해 설명할까 합니다.

장소 선택

● 가로등 바로 밑은 벌레가 많으므로 피합니다.
● 산사태, 물 범람 위험이 없는 장소.
● 화장실 등 물을 구하기 쉬운 장소.
● 평평한 바닥에 빗물이 잘 빠지는 양지바른 장소.

가장 좋은 장소는 아무래도 캠핑장입니다. 하지만 캠핑장이 없는 도시에선 아무 곳이나 선택해야겠죠. 다음으로 좋은 장소는 잔디밭입니다. 근처에 잔디밭이 있다면 텐트를 치기 전 아침 이슬에 축축해질 바닥을 대비해 박스나 스티로폼을 깔면 좋지만 여건이 안 된다면 비닐을 깔아도 됩니다. 그 밖에 아스팔트나 모래 위에 텐트를 설치할 경우에는 따로 슬리핑 매트가 있으면 좋습니다. 또한 비가 올 때를 대비하여 텐트 주변에 배수로를 만드는 것과 뱀이나 위험한 동물이 있는지 확인하는 것도 필요하겠죠.

텐트 치는 요령

1. 바닥 정리– 먼저 물기가 없는 평평한 바닥을 정리하고 지면 위에 비닐이나 깔개를 깔고 텐트를 설치합니다.

2. 텐트 설치– 텐트는 크게 이너텐트와 비를 막아주는 플라이로 나눕니다. 입구를 바람이 부는 반대 방향으로 놓고 메인 폴대로 이너텐트를 만듭니다. 이너텐트를 완성했으면 그 위에 플라이를 설치하고 이너텐트와 플라이가 지면에 고정되게끔 팩을 박습니다. 텐트가 충분히 펼쳐지게 만드는 것이 중요합니다.

3. 마무리– 비가 올 때를 대비하여 텐트 주변에 배수로를 만들고 가이로프(당김 줄)에 걸려 넘어지지 않도록 잘 보이는 끈이나 헝겊을 매달아 표시합니다.

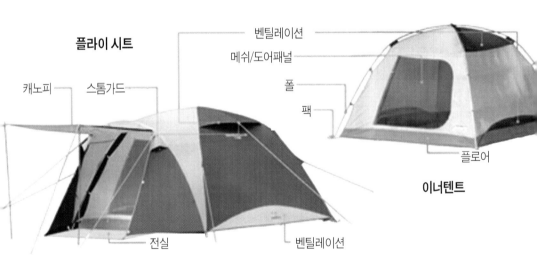

플라이 시트

벤틸레이션
메쉬/도어패널
폴
팩

캐노피 스톰가드

플로어

이너텐트

전실 벤틸레이션

기름아, 나 살려라!

카파도키아에서 3일을 보내고 이루마와 이별을 고했다. 사실 카파도 키아에 좀더 있으려 했지만 하끼에게서 받은 휴대폰으로 걱정과 안부의 전화가 끊이지 않아 예정된 3일을 채우고 앙카라로 출발했다.

다시 350km를 달려야 하므로 기름을 가득 채우고 출발하는데 하끼네 집에 예비 기름통을 두고 온 것이 결국 화를 불렀다. 앙카라까지 100km 를 남겨두고 기름이 떨어졌다. 아무리 달려도 보이지 않는 주유소는 결 국 스쿠터를 멈추게 했다. 주위를 둘러봐도 넓디넓은 초원 위에 덩그러 니 아스팔트 도로만 있을 뿐! 파리에서 타이어 펑크 경험이 있는지라 이 럴 땐 일단 끌고 가야 한다고 생각했다. 시간이 갈수록 뜨거워지는 초원 은 내 몸 안의 모든 염분을 빼내기에 충분했다. 그렇게 스쿠터를 끌고 가 길 1시간째. 결국 자리에 주저앉고 말았다. 더위와의 싸움에 패배한 그 심정은 표현할 길이 없었다. 몇 분에 한 대씩 지나가는 자동차를 잡으려 애써보지만 미련 없이 나를 지나쳐 간다. 결국 적당히 휴식을 취하고 다 시 출발한 지 또 1시간이 넘었다.

스쿠터를 끌고 가는데 이상하게도 타이어가 펑크 났을 때와 사뭇 다른 느낌이었다. 허허벌판에 기름이 없는데도 짜증이 나거나 불편하지 않았 던 것이다. 뭔가 이 정도 문제는 지금 나에게 아무것도 아니란 생각이었 다. 이 여행을 통해 스스로 많은 성장을 하고 있단 걸 깨달았다.

하지만 마침내 뒤돌아볼 힘마저 없어졌다. 그 순간! 뒤에서 들려오는 오토바이 소리! 가까스로 돌아보니 나를 향해 깜박이를 켜고 오토바이

한 대가 멈춰 섰다. 50대 초반으로 보이는 그는 앙카라 대학교 기계공학과 교수였다. 그는 나에게 조금만 기다리라 하고는 오토바이를 타고 사라졌다가 얼마 뒤 페트병에 담긴 휘발유를 가지고 돌아왔다.

나는 그분께 쉼 없이 고맙다는 말을 되풀이했다. 국적과 세대는 다르지만 같은 기계공학과라는 공통점이 있어서 그런지 말이 통했다. 그는 나에게 앙카라에서 유명한 빵집을 소개시켜 주겠다며 지도에 표시를 하고는 먼저 앞서 갔다.

한 시간이 지나 내가 앙카라에 도착했을 때 그분은 미리 도착하여 집에서 옷까지 갈아입고 나온 모습이었다. 하긴 그의 오토바이는 1,000cc가 넘는 성능이니까. 우린 바로 빵집으로 향했고 메뉴판을 못 읽는 나를 위해 두 명이서 먹기에는 턱없이 많은 양을 시켰다. 배불리 먹고 남은 빵은 챙겨 가라고 나에게 윙크를 한다. 빵을 먹으면서 여행 이야기를 잠시하다가 유라시아 횡단을 하면서 처음으로 기계공학에 관한 이야기를 영어로 나누었다. 역시나 전문 용어가 나오기 시작하니까 이해하지 못하는 부분이 늘어 답답한 나의 저질 영어 실력에 고개를 숙이고 만다. 앙카라 대학교 교수와 아쉬운 이별을 하고 하끼네 집에 도착하고서야 알았다.

교수님의 이름도, 명함도 없이 헤어졌다는 것을. 그도, 나도 이름을 물어
보지 않았다. 마치 다시 만나기 어려운 걸 알고서 사적인 정보보다 서로
함께 있던 순간만을 추억으로 기억하듯이.

　밖에서 일하고 있는 하끼를 방해하고 싶지 않았기에 연락도 없이 도착
해 문 앞에서 그냥 기다렸다. 두 시간 넘도록 기다린 나를 보고 하끼는
"왜 전화하지 않았냐? 왜 이렇게 늦게 왔냐?" 아버지처럼 잔소리를 해댔
다. 그러나 걱정하는 마음이 와 닿았기에 잔소리가 정으로만 느껴졌다.
그나저나 하끼네 집에서 오랜만에 먹는 저녁식사는 감동 그 자체였다.

보조 기름통

    장거리 스쿠터 여행의 필수품인 보조 기름통. 50cc의 작은 연료통에 들어가는 기름은 5L입니다. 높은 연비를 자랑하는 줌머의 경우 5L로 약 250km를 달려주기 때문에 예비 기름통은 2L로 충분했죠. 국토가 넓은 터키에서 주유소 찾기란 하늘의 별따기입니다. 달리는 길 위에서 기름이 없으면 정말 난감하답니다. 이를 대비해서 보조 기름통을 항상 챙겨야 하죠.

    보조 기름통은 5L 단위로 보통 주유소에서 판매하고 있습니다. 유럽에서는 지정된 통으로만 기름을 따로 받을 수 있습니다. 아무리 멀어도 대략 100~200km마다 주유소가 있기 때문에 너무 큰 기름통을 싣고 다니면 오히려 연비를 깎아먹습니다. 오토바이 연비를 계산해서 300~400km 정도 주행이 가능하다면 크게 문제되지 않는다고 생각합니다.

640km, 14시간 주행

드디어 앙카라에서 원하는 모든 비자를 받았다. 파키스탄 비자는 결국 받지 못했지만 더 이상 지체할 수 없기에 일단 스쿠터에 시동을 걸었다. 출발 전날 한국 대사관에 들러 2주 가량 신세졌던 것에 고맙다는 말을 전했고 이란, 중국, 인도 대사관에 들러 비자를 확인했다.

저녁이 되어 하끼네 집이 아닌 처음 만났던 교칸의 집에서 마지막날을 보내기로 했다. 이유는 교칸이 소개해줄 사람이 있다고 나를 데려온 것이다. 마지막날 파티를 위해 찾아간 술집에서 한국인을 만났다. 경남대

환경공학과 교수님이다. 터키에 연구차 방문하셨다는데 어떻게 인연이 닿아 내 여행 이야기를 듣고 만나고 싶다고 했던 것이다. 교수님이라는 말에 처음에는 조금 다가가기 힘들었지만 나의 모험과 도전 정신을 높게 평가해 주시고 이야기를 경청해주는 모습에 나도 점점 마음을 열었다. 헤어지기 전, 지금까지 여행을 통해 만난 인연들에게 많은 도움을 받았으며 고맙게 생각하고 있다고 이야기했다. 한데 교수님께서도 나의 여행을 지지하고 싶다며 지갑에 가지고 있던 모든 현금을 꺼내 조심스레 내 손에 쥐어 주셨다. 처음 본 인연인데 여행이라는 이상한 행동이 사람들을 이렇게 만든다. 물질적이 아니더라도, 직접적이 아니더라도 꼭! 보답해야겠다.

앙카라에서 터키의 동쪽 끝인 도우베야짓Dogubayazit까지는 대략 1200km. 내 스쿠터로 정신없이 달리더라도 하루 만에 절대 갈 수 없는 거리임에 틀림없다. 비자를 기다리면서 터키에 너무 오래 머물렀다는 생각 때문일까. 1200km를 이틀이나 삼일 만에 주파하고 이란에 도착하겠다고 스스로에게 무언의 압박을 가했다. 실크로드의 종착지답게 터키의 도로는 알면 알수록 상당히 간편했다. 간혹 도로공사 구간을 제외하고는 도로 상태도 양호하다. 앙카라에서 도우베야짓까지 E80 도로와 E100 도로만 따라가면 된다.

긴 여정을 위해 아침 일찍 출발했고 이날 스쿠터 여행 중 가장 경이로운 기록을 세웠다. 하루 만에 640km, 총 14시간을 주행했다. 물론 야간주행까지 포함해서다. 사실 야간주행을 피하고 싶었지만 마땅히 잘 만한 곳을 찾지 못했던 것이다. 이처럼 터키는 동쪽으로 갈수록 마을조차 없는 초원이나 사막이 많았다. 마을은 서로 100km 이상 떨어져 있어 개발이 더디다는 걸 느낄 수 있었다.

해가 저물자 점점 걱정이 앞섰다. 기괴한 형상의 돌산들과 초원 위에 아스팔트 길뿐인 이곳에 가로등까지 없으니 야간주행은 위험하기는 물론, 정말 고독하고 외롭다. 깜깜한 암흑 속에 스쿠터 라이트만 의지한 채 달려야 한다. 스쿠터 라이트를 보고 미친 듯이 달려드는 수만 종류의 벌레들이 달리는 스쿠터와 쓰고 있는 헬멧에 부딪혀 장렬하게 전사한다. 저녁 10시가 되어서야 빛이 보였다. 빛이 보인다는 말은 마을이 있다는 의미다. 암흑 속에서 울다시피 달리다가 희망이 보이는 순간이다.

터키의 동쪽은 다소 위험하다는 말에 가급적이면 실내에서 자고 싶었다. 낮에 길 위에서 만난 영국 출신의 자전거 무전 여행자가 전해준 정보를 떠올렸다. 잘 곳이 마땅히 없으면 마을 사람들에게 부탁해 마을의 모스크에서 잔다는 그의 말에 빛이 보이던 마을에 도착하자마자 모스크로 향했다.

늦은 시간이었지만 모스크 안에는 아직까지 코란을 읽으며 기도하는 사람들이 보였다. 한 어르신께 다가가 정중하게 하룻밤을 부탁했다. 그는 다른 어르신들과 잠시 이야기를 나누더니 방 하나를 안내해 주었다. 장장 14시간의 주행으로 몸도 마음도 녹초가 되었다. 서둘러 간단히 세수만 하고 침낭을 꺼내 누웠는데 눈을 감자마자 잠들어버렸다.

다음 날 아침 8시에 눈을 뜨고 모스크 밖으로 나오니 터키 동쪽의 이름 모를 작은 마을 풍경이 아름답게 보였다. 밤이라 보지 못했는데 마을 앞에는 작은 개울이 아침의 정적을 잔잔하게 깨워주었고 드문드문 다섯 채가량 모여 있는 마을에 아침 안개가 곱게 흩뿌리고 있다.

즐거운 감상도 잠시, 서둘러 짐을 챙겨 출발하려는데 어제 모스크에서 잘 수 있게 허락해준 어르신께서 아침 먹고 가라며 집으로 초대했다. 집에는 어르신과 어머님, 며느리, 손자가 옹기종기 식탁에 앉아 있었다. 앙카라에서 살고 있는 며느리는 몸이 불편하신 시어머님을 돕기 위해 와 있다고 했다. 그렇게 자식들이 매주 돌아가며 방문하고 있단다. 바게트를 적당히 잘라 흙화덕에 잠깐 넣어 치즈와 여러 가지 잼을 발라먹는 소박한 아침이었지만 터키에서 먹었던 음식 중 가장 맛있고 즐거웠던 식사였다. (이스탄불의 세지와 앙카라의 하끼에게 갑자기 미안해진다.)

아침을 감사히 먹고 출발하려는데 집 앞 울타리에 매달려 바라보는 손자녀석의 초롱초롱한 눈빛 때문에 발길이 안 떨어져 스쿠터 뒷자리에 태워 마을 한 바퀴를 돌고서야 출발했다. 단지 스쿠터에 태워 마을 한 바퀴 돌았을 뿐인데 이 녀석은 내가 좋아졌는지 가지 말라고 내 바짓가랑이를 붙들고 있다. 아쉬움을 달래고자 소중히 간직하던 초콜릿 하나를 꺼내주었다.

안전한 스쿠터 주행

스쿠터도 엄연히 엔진이 장착된 기계이므로 주행에 있어 안전은 필수입니다. 좁은 도로나 자동차가 많은 큰 도로, 터널 등 어떤 장소를 여행하느냐, 또는 낮이냐 밤이냐에 따라 주행 방법이 다르다고 봅니다. 스쿠터로 유라시아 여행을 하면서 알게 된 나만의 노하우를 밝힐까 합니다.

1. 좁은 도로

국도를 달리다 보면 마을이나 산길에서 좁은 도로를 자주 만나게 됩니다. 이럴 경우 대부분 도로 옆쪽으로 달리는 경향이 있습니다. 하지만 뒤에서 달려오는 자동차가 빠른 속도로 추월해 가거나 스쿠터에 가까이 붙어 지나가는 경우 오히려 위험한 상황이 초래됩니다. 거기다 도로 옆쪽에는 돌부리나 깨진 병들이 많아 타이어가 펑크날 위험이 있습니다. 그렇기 때문에 최대한 도로 중앙으로 달리면서 뒤쪽에 차량이 오면 옆으로 비켜 손으로 지나가라는 신호를 주고 다시 중앙으로 주행하는 방법이 좋다고 판단됩니다.

2. 자동차가 빨리 달리는 넓은 도로

높은 배기량의 오토바이는 자동차보다 빠른 속도를 낼 수 있지만 스쿠터의 경우 자동차에게 양보해야 할 경우가 많습니다. 자동차가 빨리 달리는 넓은 도로의 경우 가장 바깥차선으로 주행합니다. 바깥차선이라도 좁은 도로와 마찬가지로 차선 중앙으로 달리는 게 좋습니다. 차량이 많다고 해서 도로 옆을 달리는 것은 위험하다고 생각됩니다. 차가 뒤따라 왔을 때 잠시 비켜주면 되므로 침착하게 자신의 주행에만 집중하는 것이 좋습니다.

3. 야간주행

야간주행은 되도록 피하는 것이 좋지만 그렇지 못할 경우 항상 긴장을 늦추지 말고 주행을 해야 합니다. 특히 자동차 졸음운전으로 피해를 볼 수 있기 때문에 방어운전에 신경 쓰고 갑자기 도로 위로 뛰어드는 동물까지 생각해야 하므로 헤드라이트 바로 앞에 시선을 고정하는 것보다 조금 멀리 시선을 두고 주행하는 것이 좋습니다. 가장 좋은 방법은 당연히 야간주행을 피하는 것이죠.

4. 터널

터널을 지날 때 주의해야 할 점은 선글라스입니다. 특히 동유럽이나 중동의 경우 터널 안에 조명이 없는 곳이 많기 때문에 밝은 햇빛으로 노출된 눈을 보호하고자 착용했던 선글라스가 터널에 들어가면 독이 되는 경우가 많죠. 저도 그런 경험이 많았는데 커브 길이었던 터널에서 깜짝 놀라 선글라스를 급하게 벗었던 적이 있습니다.

뭐? 이란 출입이 안 된다고!?

둘째 날 도우베야짓 주유소에서 텐트로 야영을 하고 드디어 이란으로 향했다. 이틀 동안 1200km 이상 달렸기에 몸은 만신창이에 얼굴은 여행자라기보다 딱 거지 수준이라는 표현이 적당했다. 이란에선 휴대폰 로밍이 안 된다는 정보를 듣고 터키를 빠져나가기 전 마지막으로 영국에서 사용하던 휴대폰을 꺼내 한국에 계신 부모님께 전화를 걸었다.

"내다, 준오."

"아들! 몸은 괜찮지?"

"엄마 아들이 어디 가나 몸뚱이 하나는 튼실하잖아~! 아버지는?"

"좀 괜찮아졌다. 아빠가 아들 많이 보고 싶어 하니까 어여 들어온나."

사실 유라시아 횡단을 시작할 때까지 부모님은 모르고 계셨다. 오스트리아에 도착했을 때 누나에게서 연락이 왔다. 한 신문사에서 인터뷰 요청 전화가 왔다고. 그런데 엄마가 전화를 받았다고. 그렇게 부모님께서는 내가 여행을 시작하고서야 알게 되셨다. 스쿠터를 타고 한국까지 간다는 말을 했더라면 결단코 반대하실 거란 예상에 누나에게만 알렸었다. 그리고 아버지께서는 오랫동안 몸이 아프셨다. 부모님께 걱정 끼쳐 드리기 싫었던 것이다. 이런 행동이 나쁠 수도 있지만 부모님께서는 내 여행 이야기를 듣고 화를 내기는커녕 걱정뿐이시다.

간단한 안부 전화를 끝내고 터키와 이란 국경으로 향했다. 예상대로 터키 국경 사무소에서는 웃으며 지나갔다. 하지만 이란 국경에서 문제가 시작되었다.

"스쿠터는 두고 가세요."

또다시 시련이 닥쳤다. 하지만 예상은 했었다. 항상 문제였던 '까르네 Carnet' 라는 서류가 없어 스쿠터 반입이 힘들다는 것이다. 까르네는 세관검사시 제출하는 무관세 통행증을 뜻한다. 이 서류를 만들려면 반드시 스쿠터를 구입한 국가로 돌아간다는 것이 조건인데 사실상 영국에서 스쿠터를 구입한 나는 한국까지 가는 것이 목표였기에 까르네 발급이 불가능했다. 방법은 있다. 까르네 서류를 필요로 하는 국가에서 따로 보험 가입을 하면 된다. 하지만 미리 알고 있던 정보로는 대략 100달러를 지불하면 가능하다고 했는데 그들이 요구한 금액은 1,000달러로 터무니없는 금액이었다.

국경 사무소에 따로 사무실이 차려진 보험회사는 사람들을 봐도 분명 국가에서 고용한 용역업체임이 틀림없었다. 이란이 인플레이션이 심하다는 말은 들었지만 불과 2년 전 보험료가 10배로 뛰었다는 건 말도 안 되는 소리다.

　자동차도 아니고 스쿠터에다, 나는 단지 여행하는 학생일 뿐이라고 사정하며, 굵은 금팔찌를 차고 덩치는 산만 한 형님들에게 둘러싸여 가격 흥정을 했지만 소용이 없었다. 그들은 내 면상에 담배 연기를 뿜어대며 보험 규칙상 절대 불가능하단다.

　그렇게 말씨름하길 6시간. 나도, 그쪽에서도 시간이 지나면서 진이 빠졌다. 하지만 양보란 없었다. 아쉬운 시간만 흐를 뿐이었다. 얼마나 오랫동안 이란 국경 사무소에 있었는지 말싸움하다 이리저리 돌아다닌 탓에 지금 국경 사무소 약도를 그리라 해도 눈 감고 그릴 판이다.

　사무소 앞에 쪼그리고 앉아 있는데 누군가 나를 불렀다. 이야기를 듣고 귀찮은 듯이 나를 부른 이는 제복을 보아하니 뭔가 주렁주렁 잔뜩 달린 것이 국경 사무소 대장인 듯 보였다. 그는 한국 사람을 유독 좋아하는지 내가 한국 사람인 걸 알고 친절한 표정으로 변했다. 사정을 전해 듣고 고개를 거만하게 들고 내려다보던 덩치 큰 보험회사 직원들도 그의 앞에선 생쥐처럼 굴었다. 국경 사무소가 마감할 시간이 됐을 무렵 우여곡절 끝에 가지고 있던 전 재산 300터키리라로 합의를 봤다. 300터키리라면 우리 나라 돈으로 약 25만 원이다. 문제는 그게 정말 전 재산이었다는 점이다. 비상금으로 숨겨둔 목숨 같은 10만 원을 제외한다면.

8시간의 싸움 끝에 이란 국경 사무소를 빠져나와 우선 마을 어귀 슈퍼에 앉아 상황 파악을 했다. 다행히 스쿠터는 가지고 들어왔지만 여행 경비가 없어졌다. 고심 끝에 내린 해결책은 우선 한국 대사관으로 가서 도움을 요청하는 방법뿐!

이란의 국경도시 바자르간Bazargan에서 타브리즈Tabriz를 지나 잔잔 Zanjan 그리고 카즈빈Qazvin을 거쳐 이란의 수도 테헤란까지는 850km가 넘는 거리다. 뭐라 생각할 겨를도 없이 일단 테헤란을 향해 달렸다. 더 큰 문제가 있었기 때문이다. 바로 은행에서 국제카드 인출이 안 된다는 것이다. UN과 미국에서 이란을 위험국가로 지정했기 때문이라는 걸 나중에 들었다. 다행히 이란 국경에서 비상금 100리라를 이란 화폐 64만 리알로 환전해 팬티에 숨겨두었다.

스쿠터 세계 여행에 필수인 까르네

오토바이나 자동차 세계 여행자라면 누구나 한 번쯤 골치 아팠던 기억이 있을 법한 까르네. 전세계에서 필요로 하는 까르네는 본래 작업용이나 전시물품을 일시적으로 수출입하고자 하면 관세를 면제하는 제도입니다. 까르네 협정으로 국가 간 이동시 간단한 서류로 통관 절차를 간편하게 만들었는데 여행의 경우에도 까르네 서류로 국가 간의 이동을 편리하게 할 수 있습니다. 하지만 제도가 수시로 바뀌는 관계로 여행자는 서류 받기가 까다롭습니다. 여행을 시작한 국가로 다시 돌아와야 하므로 보증금 형식의 제도가 있습니다. 저 같은 경우에는 영국에서 구매한 스쿠터로 한국까지 가는 것이 목표였기에 까르네를 받지 못했죠. 오토바이로 세계 여행을 계획한다면 먼저 까르네부터 해결하는 것이 편하리라 생각됩니다.

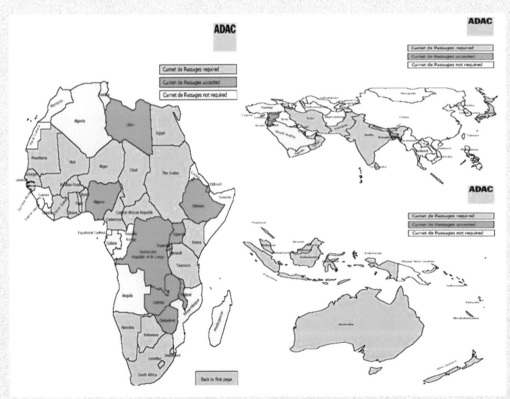

내 이름은 주몽

국경 사무소에서 너무 지체했던 탓에 몇 시간이 되지 않아 금세 어둠이 찾아왔다. 이란은 동쪽의 터키보다 더 낯설었다. 국경을 조금 지나 도로를 달리는데 주변은 한국의 7, 80년대라고도 할 수 없을 정도로 발전이 없다. 건물은 그냥 벽돌도 아닌 흙으로 지어진 모습이며 심지어 몇 개의 건물에는 전기도 들어오지 않는 듯 보인다. 그래도 내가 지나가면 다들 신기해하며 손을 흔들어 보인다. 그들의 웃음에 전혀 불편함이라고는 보이지 않는다.

먼저 타브리즈로 가야 하는데, 동유럽은 조금 알 수 없는 문자라도 영어의 기초 스펠링은 비슷하여 친근했지만 이란은 전혀 다르다. 페르시아 문자를 쓰는데 숫자까지 아라비아 숫자를 쓰지 않아 달리는 내내 나를 당황하게 만들었다. 유럽 사람들의 얼굴과 다른 사람들도 낯설게 느껴졌고 영어를 쓸 줄 아는 사람도 전혀 없었다. 하지만 두렵지는 않았다. 오히려 이런 모험이 설레었고 나를 흥분시켰다.

한 가지 놀라운 사실은 터키에서 무서웠던 기름 값(리터당 약 3,500원)과 완전히 대조되듯 이란의 기름 값은 리터당 단돈 400원도 되지 않았다. 하지만 이 가격도 오른 것이다. 3, 4년 전만 해도 리터당 100원이었던 이란이다. 국경이 접해 있는 터키와 이란의 이런 차이가 나에게는 신선하고 신기하게 다가왔다. 또한 이란에서 기름을 넣으려면 특정한 카드가 필요하다. 물론 그런 카드가 없는 나는 주유소에서 일하는 사람의 카드를 받아 기름을 넣었다. 주유소마다 잔돈을 내주는 사람이 있고 그렇지 않은 사람도 있는데 카드를 빌려준 값이라는 것. 나중에 들은 이야기인데 이 기름 카드로 한 달간 사용할 수 있는 기름의 한도가 있다고 한다.

잠잘 곳을 찾아 헤매는 중 마을 하나를 지나는데 누군가 멀리서 나에게 손을 흔들었다. 건물에는 붉은색 간판에 흰색으로 십자가 표시가 되어 있어 소방서 같은 느낌이었다.

"그래! 이곳이야."

바로 방향을 돌려 건물로 향했다. 말이 통하지 않아도, 그들이 구급대원은 아니더라도, 저십자와 비슷한 응급요원임에 분명했다. 무의식적으로 안전할 것이라 생각했고 분명 하룻밤 부탁해도 될 거라 생각했다. 나는 자는 시늉을 하며 물어보았고 그들은 웃음으로 대답을 대신했다.

건물에는 샤워장도 있었다. 짐을 풀기에 앞서 그들과 먼저 이야기를 나누었다. 내 이름이 '준오'라고 말하자 발음이 비슷해서 그런지 그들은 동시에 "주몽!"이라고 외쳤다. 터키에서 인터넷으로 이란 정보를 보았는데 현재 이란에서 한국 드라마인 〈주몽〉이 80%가 넘는 경이로운 시청률을 보이며 방영 중이라고 한다. 그들은 드라마 〈주몽〉에 나오는 연예인 이름을 말하며 정신없이 질문을 퍼부어댔다.

짐을 풀고 샤워를 한 뒤 저녁을 대접받는데도 계속 질문이 이어졌다. '주몽, 대장금, 김일성, 박지성.' 그들이 알고 있는 한국에 관련된 모든 것을 물어볼 셈인 듯했다. 그들은 어디선가 가져온 영어사전으로 이야기를 이어 가려 노력했다. 한국에서 수천 킬로미터 떨어진 이란에서 그들이 입을 모아 한국을 외치니 느낌이 이상했다. 그들은 배고픈 나에게 이란의 주식인 난과 치즈, 토마토, 오이, 나물 그리고 내가 왔다며 특별히 아껴둔 걸로 보이는 참치 캔을 하나 열었다.

이번엔 조금 무거운 이야기였다. 북한과 남한 간의 문제를 이야기했다. 나는 한국은 하나의 나라이며 통일이 되기를 원한다고 말했고 그저

주위의 나라들과 남북의 정치인들로 인해 통일이 다소 미뤄지는 것뿐이라 말했다. 계속해서 정치, 국제 관계에 대한 이야기를 나눈 때문인지 갑자기 한 친구가 조심스레 영어사전을 뒤적이며 입을 열었다.

"음…… 미국은 이란이 위험한 나라이며 악의 축이라고 말했는데 어떻게 생각해?"

"……"

순간 할 말을 잃었다. 뭐라 말해야 할지 몰랐다. 이런 질문을 너무 순박하고 악의 없이 나에게 물어봤기에 할 말을 잃었던 것이다. 그들은 미국과 기타 유럽 국가들이 이란이 위험한 국가라 말하는데 절대 그렇지 않다며 이란 사람들은 친절하며 악의 축이 아니라고 말했다. 물론 나도 이란에 오기 전 대중매체나 기타 정보를 통해 이란은 북한과 같이 핵을 보유 또는 개발하고 있으며 위험한 국가 중 하나라고 알고 있었다. 하지만 이 모든 것은 그 나라의 정치인이나 고위 계층의 잘못된 행동 때문이라고 생각된다. 어딜 가든지 아무리 위험한 나라일지라도 그 안에 살고 있는 현지인들은 지금 내가 만나고 있는 이들처럼 친절하게 웃어 주는 사람임에 틀림없다.

행복과 자본은 무관하다.

어디에나 나쁜 사람이 있는가 하면 반면에 착한 사람도 있는 것처럼 이란도 그런 평범한 나라이다. 절대 악의 축이 아닌 것이다. 그렇게 서로의 소통은 수월하지 않았지만 영어사전을 찾아가며 나와 이야기를 나누려 노력하는 모습이 고마웠다. 이란 국경에서 오랫동안 말씨름을 해서 그런지 새벽 1시쯤 결국 미안하다는 말을 남기고 옆방으로 가서 잠이 들었다.

알쏭달쏭 이란 숫자

이란에 도착했을 당시 나를 가장 당황하게 만든 것이 숫자였습니다. 표지판에도 모두
페르시아 숫자로 적혀 있어 거리가 얼마나 남았는지 도무지 알 길이 없었죠. 이란에서는
기본적으로 모든 표기를 페르시아 숫자로 하기 때문에 간단하게 알아보겠습니다.

٠ ─ 0

١ ─ 1

٢ ─ 2

٣ ─ 3

٤ ─ 4

٥ ─ 5

٦ ─ 6

٧ ─ 7

٨ ─ 8

٩ ─ 9

50℃가 넘는 사막을 달리다

시원한 에어컨 바람으로 하루를 편히 보내고 출발 준비를 했다. 나갈 준비를 하는 중에 또다시 난과 치즈 그리고 계란으로 아침을 대접받았다. TV에는 어릴 적 보았던 〈닌자 거북이〉가 더빙되어 방송된다. 문명에 다소 느린 이란을 보니 문득 '북한도 이럴까?'라는 생각이 들었다. 아침을 먹고 출발하기 전 함께 사진을 찍는데 큰 버스가 우리 앞에 멈추었다. 여자 한 분이 다른 사람의 부축을 받아 버스에서 내려 건물로 들어오더니 맥박과 혈압을 확인하고 이야기를 나누었다. 그제야 이들이 응급요원임을 알 수 있었다. 누구든 자기가 좋아하는 일을 할 때 가장 멋있다고 했던가. 그들을 지켜보는데 멋져 보였다.

그들과 아쉬운 이별을 하고 나는 다시 출발했다. 하루 만에 테헤란까지 가는 것은 무리일 거라 생각했지만 최대한 가까이 가기 위해 서둘렀다. 타브리즈로 가는 길은 터키와 전혀 달랐다. 완전한 사막임을 알 수 있게 벌거벗은 산들로만 이루어져 있고 주위는 그저 흙으로 뒤덮여 있다. 하늘을 올려다보면 구름 한 점 없고 사방에는 모래가 날리는지 뿌연 연기만 보일 뿐이다. 나중에 한국 대사관에서 들은 이야기지만 내가 사막을 지나온 날은 기온이 50도가 넘었단다. 뜨거운 햇볕이 쓰고 있던 헬멧을 뚫고 들어오는 듯했다. 내가 봐도 미치긴 미친 행동이었다. 후끈한 열기의 바람이 나의 온몸을 때리고 지나가는 느낌이었다. 난생 처음 이런 기후를 느껴보았다. 사실 50도가 넘으면 이란 사람들도 외출하지 않는다고 한다. 학교, 공공 기관이나 일, 모든 것을 멈춘다는데 그런 날에 사막을 달린 것이다.

　타브리즈에 도착해 주유소를 찾다가 오토바이를 운전하는 청년의 도움으로 주유를 하고 슈퍼에 들러 알코올 없는 맥주를 마셨다. 이란은 터키보다 이슬람 문화가 강한 곳으로 술을 마시지 않는다. 그래서 알코올이 없는 맥주를 판다.

　이란의 기름 값이 저렴하기 때문에 그런 걸까? 주유소 찾기가 쉽지 않다. 100km 이상 달려야 주유소가 있는 것 같다. 저렴한 기름 값 덕분으로 자동차는 많이 돌아다니지만 대부분 폐차 직전의 자동차를 다른 국가로부터 수입한 듯 보였다. 정말 놀라웠던 점은 대표적으로 가장 많이 볼 수 있는 모델이 한국 기아자동차의 구형 프라이드이다. 폐차된 줄만 알았던 구형 프라이드가 전부 이란에 모였다고 말할 정도로 곳곳에서 프라이드를 볼 수 있었다. 하지만 한국 차가 많다고 해서 기분이 마냥 좋지는 않았다. 쉴 새 없이 뿜어져 나오는 검은 매연은 분명 폐차해야 할 수준인데 그런 차를 이란에 되파는 것은 환경적으로 좋지 못한 행동이라 생각하기 때문이다. 실제로 최근 이란의 환경오염은 세계적으로 큰 이슈가 되고 있다. 이런 원인 중 하나가 한국의 낡은 중고차라는 것이 애석하다.

오늘도 역시 야간주행이다. 이란에 도착해서 가장 큰 문제는 지도가 없다는 것이다. 이란으로 들어온 후로는 지금까지 표지판과 나침반에 의지한 채 달렸다. 지도 없이 야간주행을 하기란 눈 감고 집 찾아가는 수준이었다. 그나마 터키에서 야간주행할 때보다 지나가는 자동차가 많았기에 그들의 헤드라이트에 의지하며 달렸다.

암흑을 뚫으며 달리다 보니 밤 10시. 사막의 도로 옆 공터에 한 무리의 캠핑카가 있는 것을 보고 멈췄다. 가까이 가 보니 캠핑카도 아닌 몇 대의 봉고차로 카펫을 싣고 여행하며 장사하는 무리였다. 이 사람들과 함께 하루를 보내기로 했다. 도착하자마자 텐트를 치는데 함께 저녁을 먹자고 초대받았다. 사막 한가운데 오히려 도시의 불빛이 없어서인지 달빛과 별빛만으로 어둡지 않았다.

모래 위에 돗자리를 깔아 놓고 조촐하게 난과 치즈로 저녁을 먹던 그들은 이스탄불에서 왔으며 5대의 봉고차로 방랑 중이었다. 나도 터키를 지나왔기에 이들과 이야기를 하는 데 불편함이 없었다. 그들은 내 스쿠터에 붙은 터키의 여러 스티커를 보고 자랑스러워했다. 사실 이들과 많은 이야기를 나누고 싶었지만 너무 피곤했다. 감사히 저녁을 얻어먹고 텐트에 들어가 자려는데 아이들이 카메라를 신기해했다. 얼마나 피곤했으면 그 귀한 것을 그냥 아이들에게 주고 텐트에 들어갔을까.

텐트 안의 뜨거운 열기에 못 이겨 아침 8시에 일어나 고양이 세수를 하고 가려는데 함께 하룻밤을 보낸 터키 사람들이 아침까지 챙겨 주신다. 든든히 아침을 먹고 오늘이야말로 테헤란으로 가는 날! 역시나 50도가 넘는 날씨는 숨이 막힐 정도로 나를 지치게 했다.

8시간 가량 달리고 달려 드디어 테헤란에 도착했다. 지도가 없는 관계

로 테헤란에서 한국 대사관을 찾기란 모래 속에서 진주 찾기처럼 힘들었다. 다행히 5시 30분에 한국 대사관을 찾았다. 다들 퇴근하고 여행자를 담당하시는 분만 나를 기다리고 있었다. 오는 길에 화물 트럭 기사를 만나 휴대폰을 빌려 대사관에 미리 연락을 드렸던 것이다. 대사관 직원은 나의 몰골이 처량했는지 보자마자 웃으신다. 850km가 넘는 사막을 달려왔으니 당연한 일이었다. 나는 도착하자마자 일단 냉수부터 찾았고 바로 나의 스쿠터 문제를 말했다.

그분은 예전에 나와 비슷한 일을 겪은 독도 라이더 이야기를 해주었다. 일단 파키스탄 비자는 이란에서도 받을 수 없다는 것과 스쿠터 처리에 관하여, 그리고 향후 나의 일정에 대해 이야기를 나누었다. 먼저 결정난 건 일단 스쿠터를 포기한다는 것이다. 이란까지 온 이상 다시 돌아가기 싫었고 위쪽(러시아)으로 올라가려 해도 비자를 기다릴 시간이 없었다. 스쿠터는 이란 정부에 기증하거나 불가능하다면 폐기처분 레터를 쓰는 방법 등을 모색해야 했다. 그러고는 인도로 가서 배낭여행을 하거나 자전거 여행으로 이어나가는 것이다.

어떤 선택을 하든지 우선 머리가 아파왔다. 가뜩이나 피곤한 데다 해결될 것 같았던 문제들이 테헤란에 도착해서도 해결될 기미가 없었기 때문이다. 거기다가 긴장했던 몸이 급하게 풀렸는지 대사관에 앉아 이야기를 어떻게 마무리지었는지 기억이 나지 않는다. 기절했다는 표현이 맞을 것이다.

일사병과 열사병

사막을 다니게 되면 일사병에 노출되기 쉽습니다. 이를 예방하기 위해 물을 자주 섭취하고 모자를 착용하는 방법이 있죠. 흔히 일사병과 열사병에 대한 혼돈이 많은데 두 가지의 증상과 응급처치 방법을 알아보도록 하겠습니다.

● **일사병**

증상 : 가장 흔히 발생하는 것으로, 더운 곳에서 운동하거나 장시간 햇볕을 쬐면 일어나며, 구토 증세와 어지러움, 두통, 경련, 일시적으로 쓰러지는 등의 증상을 나타냅니다.

응급처치 : 시원한 장소로 이동 후 편안한 자세로 누워 옷을 벗습니다. 물을 충분히 섭취하고 부채질을 해서 몸의 열을 낮춥니다.

※ 일사병은 보통 시원한 곳에서 안정시키면 좋아지는 경우가 많으나, 주위가 덥고 의식이 없어졌다고 하여 다 일사병은 아닙니다. 따라서 의식이 없는 환자는 의료기관에서 확인하는 것이 중요합니다.

● **열사병**

증상 : 흔히 일어나지 않지만 치료하지 않으면 위험한 병으로서, 격렬한 신체활동 후에 주로 발생합니다. 피부가 뜨겁고 건조하며 붉은색을 띠고 땀을 흘리지 않는 증상이 나타날 수 있습니다.

응급처치 : 시원한 장소로 이동 후 옷을 벗고 젖은 수건이나 담요를 덮어 부채질합니다. 가장 중요한 것은 체온을 내려주는 것이며 병원에서 신속히 치료를 받는 게 좋습니다.

※ 열사병 환자는 몸의 표면보다 중심체온이 상승한 것이 근본적인 문제입니다. 체내 수분과 염분을 보충하고 혈관이 수축하지 않을 정도의 너무 차지 않은 물로 닦아주고 바람을 일으켜 열이 증발할 수 있도록 해야 합니다. 얼음물로 피부를 닦아 환자의 체온을 낮추려고 하다가는 몸 표면의 혈관이 수축하여 몸 안의 열이 잘 발산되지 않습니다.

최악의 상황, 두 갈래 길

눈을 뜨고 정신을 차려보니 한국 대사관이었다. 두 시간 넘게 꼼짝 하지 않아 죽은 줄 알았단다. 50도가 넘었던 사막의 날씨도 직원이 말해줘서 알게 되었다. 잠시 회장실에 들러 정신 차리고 이야기를 이어나갔다.

불안정한 파키스탄 정세 때문에 그곳 비자는 포기해야 했다. 스쿠터 문제는 다시 터키로 돌아가 러시아 쪽으로 향하거나 항공 택배를 통해 인도에서 받는 방법 또는 한국으로 보내는 방법이 있었다. 하지만 러시아로 돌아가기에는 너무 멀리 와 버렸고 돌아가고 싶은 생각 또한 없었다. 항공 택배는 여행 경비조차 없어진 상황에서 절대 불가능했다. 최악의 방법이 스쿠터를 포기하는 방법이었다. 하지만 이마저도 쉽지 않았다. 처리 방법은 이란 정부에 기증하는 것이 가장 깔끔한 방법이지만 영국에서 구입한 이놈의 스쿠터가 문제였다. 영국과의 관계가 그리 좋지 않은 이란이기 때문에 이란 정부가 순순히 받아 주지 않고 거절한다면 무조건 스쿠터와 함께 이란을 빠져나가야 한다. 여행을 계속하느냐 아니면 포기하느냐, 갈림길에 놓였다. 일이 슬슬 꼬여 가는 것 같았다.

다른 문제는 머물 곳과 여행 경비였다. 한인회나 대사관에 도움을 받으려 했지만 쉽지 않았다. 저렴한 숙소를 소개받다가 문득 생각난 친구 파잠Parjam. 그가 유라시아 횡단 여행을 출발하기 전 가족 주소가 적힌 쪽지를 건네주었다. 다행히 연락해 보니 미리 파잠이 가족들에게 연락을 했는지 대사관까지 데리러 오겠다고 했다.

  가장 큰 문제는 여행 경비가 더 이상 없다는 것이다.

  모든 은행카드(ATM)와 신용카드는 이란에서 사용할 수 없다. 카드 사
용이 된다 한들 통장에 돈도 없다. 어떡할까 고민하다 최후의 방법으로
블로그에 지금 상황을 사실대로 말하고 도움을 청하는 것을 택했다. 대
사관의 인터넷을 이용하여 블로그에 현재 상황을 설명하고 부탁의 글을
올렸다. '한 명이라도 내 부탁을 들어줄 사람이 있을까?' 라는 두려운 생
각도 들었지만 지금의 상황에서 어떤 방법이라도 써야 했다.

  그런 뒤 대사관 직원에게 한국에서 대사관으로 돈을 부치면 달러로 교
환해주는 방법이 있다고 들었다. 여행자들이 급하게 돈이 필요할 때 사
용하는 방법이다. 비상 여행 경비를 대사관으로부터 전달받는 것이 가능
했다. 휴대폰을 빌려 누나에게 전화를 했다. 우선 잠시나마 급한 자금은
해결된 것이다.

여러분께 SOS를 청합니다

안녕하세요.

저는 방금 테헤란의 한국 대사관에 도착했습니다.

인터넷 사정상 본론부터 이야기하겠습니다.

문제가 조금 많습니다. 여러분께 SOS를 청합니다.

현재 제가 가지고 있는 여행 경비는 총 50달러입니다.

이 경비로 한국까지 가기에 터무니없을 것 같네요.

이란 국경에서 오토바이 문제로 가지고 있던 돈 약 30만 원을 빼앗기다시피 했습니다.

스폰서를 더 구해 보려 했지만 현재 여행 중이라 이메일만으로 스폰서를 구하기란 힘들군요. 막노동을 하려 했지만 의사소통이 안 되어 못할 것 같습니다.

하여 마지막으로 여러분께 도움을 요청합니다.

여행을 포기하고 싶지 않습니다.

이란에서 파키스탄으로 넘어가지 못한다면 스쿠터를 버리고 인도로 가려 합니다. 히치하이킹을 하든지 저렴한 자전거를 구하는 방법으로 생각 중입니다.
인터넷상으로 이 글만 보고 도움을 받기 힘들다는 걸 알고 있습니다.
앞으로 한국까지 가는 데 약 80만 원 정도면 충분할 거라 생각됩니다.

제 여행기를 보면서 즐겁게 웃고 함께 여행한다고, 혹은 이로 인해 조금이라도 대리만족을 느끼셨다면 얼마가 되었든 작은 도움을 받고자 합니다.
혹시나 제 여행에 도움을 주실 분이 있으시다면 제 방명록이든 이메일 또는 쪽지로 성함이나 주소를 남겨 주셨으면 합니다.
여행을 마치고 직접적이지 않아도 어떡해서든 다른 방향으로 보답해 드릴 것을 약속드리며 다시 한 번 부탁드리겠습니다.

포기하고 싶지 않습니다.

읽어 주셔서 감사합니다.

죽으란 법은 없다

파잠의 친형 페즈만Pejman이 나를 급하게 깨운다. 페즈만 집에 도착하자마자 다시 기절하다시피 잠들었다. 그는 내가 어디 아픈 줄 알고 급하게 깨운 것이다.

며칠 동안 육체적으로 피곤했고 테헤란에 도착해 정신적으로 피로했기에 결국 한계를 보인 것 같다. 페즈만의 식구는 3대가 한집에 모여 산다. 나를 위해 식사를 준비해준 페즈만의 부인과 할머님 그리고 자식들이 둘러앉았다. 식사를 마치고 간단히 파잠과 전화통화를 하고 대사관으로 향했다.

이제 블로그에 올린 글을 확인하는데 많은 댓글과 메일 그리고 쪽지에 놀라지 않을 수 없었다. 20명 이상의 분들이 내 여행을 지지해 주었다. 알지도 못하는 나에게 도움을 준 것이다. 하나하나 글을 읽는데 정말 감사했고 이란에 도착해서 막막했던 심정이 그나마 조금은 풀렸다. 도움을 바라는 글을 올리며 나를 이상한 눈초리로 바라보는 사람도 있을 거라 예상했었다. 그런데 이렇게 많은 분들이 격려해주시고 도와주시겠다니! 눈물을 글썽이며 글을 읽었다. 어떤 식으로 보답해야 할지 고민이었다.

비록 이란에서 스쿠터 여행이 끝나겠지만 아직 내 도전은 끝나지 않았다. 스쿠터가 없으면 내 두 다리가 있다. 스쿠터를 해결하고 인도로 간 뒤 버스가 되든 기차가 되든 자전거가 되든 심지어 히치하이킹을 해서라도 한국으로 돌아갈 것이다.

여태껏 스쿠터에 의지하며 동쪽으로 달렸던 나. 이제부터 배낭을 어깨에 짊어지고 동쪽으로 가려니 막막한 것은 어쩔 수가 없다. 거기다 많은 일들로 인해 패닉 상태였다. 그렇게 몇 시간을 대사관에서 인터넷을 쓰며 시간을 보내는데 그때 우연한 만남이 시작되었다.

대사관 직원이 어떤 분을 소개시켜 주었다. 그는 인도 여행을 하려고 대사관에 추천서를 받으러 온 사람이었다. 반가워서 소개를 하고 이것저것 물어보는데 나랑 비슷한 점이 많았다.

1년 전 영국에서 어학연수를 하고 영국 대학교에 입학한 뒤 한국에서 비자를 받기 위해 가는 중이라고 했다. 이집트에서부터 배낭여행으로 한국까지 가려는데 파키스탄 비자 때문에 인도 비행기를 예매하고 인도에서 파키스탄 비자를 받을 예정이라고 한다. 이 당시 한국인은 한국이나 인도에서만 파키스탄 비자를 받을 수 있었다. 나보다 두 살 많은 형님은 8월 중순까지 한국에 돌아가야 한다는 것도 나와 비슷했고 파키스탄 비자를 터키에서 받으려고 시도했으나 받지 못하다 보니 어느 순간 오기가

생겼다는 점도 비슷했다.

　나는 지체없이 물었다.

　"혹시 같이 여행할 생각 있으세요?"

　너무 갑작스레 물었는지 살짝 당황하는 기색이 보였다. 그리고 루트와 여행에 대한 가치관을 물어보았다. 몇 시간이 흐른 뒤 우리는 함께 여행하기로 결정했다. 형님은 배낭여행을 많이 한 듯 보였고 여권에 수없이 많은 국가의 스탬프가 찍혀 있었다. 여행 스타일도 나와 비슷했다. 그리고 배울 점이 많았다. 대표적으로 나는 스쿠터 여행을 하면서 지출 내역만 적어 왔을 뿐, 하루에 얼마 정도를 써야 할지 체계적으로 계획하지는 않았다. 형님은 가장 먼저 총 여행 경비에서 예상 여행 기간을 나눠 하루에 얼마를 쓸지 계산하라고 가르쳐 주었다. 알맞은 가격은 하루 3만 원! 하루하루 지출 내역을 적고 3만 원을 넘지 않게 관리했다. 적게 쓴 날은 경비를 다음 날로 플러스하고, 많이 쓴 날은 다음 날 그만큼 아끼며 경비를 관리하기 시작했다. 여러 모로 배낭여행은 초보인 내가 배울 수 있는 좋은 지인을 만난 듯했다.

　다행이다. 정말 다행이다.

　더 이상 나쁜 일이 일어나지 않았으면 좋겠다.

Tip

힘들 땐 대사관으로

타국을 여행하면서 비자나 소매치기 등 여러 가지 문제로 어려움을 겪는 경우가 많습니다. 이런 경우 한국 대사관을 찾아가 도움을 요청하는 것이 좋습니다. 그 나라의 정보와 여행 시 유의사항, 심지어 예기치 못한 사고를 당하여 긴급하게 현금이 필요한 경우 신속 해외 송금제도라는 것이 있습니다. 저 같은 경우에도 터키에서부터 항상 대사관에 들러 비자레터를 받고 여러 가지 도움을 받았습니다. 국제카드가 되지 않는 이란에서는 여행 경비가 떨어졌을 때 신속 해외 송금제도를 이용한 경험이 있습니다.

그 밖에 해외여행을 갈 때 기본적으로 인터넷이나 전화를 이용하여 외교통상부 해외 안전 여행(http://www.0404.go.kr, 02-2100-2114)을 둘러본다면 더 편하고 안전한 여행이 될 것입니다.

페르시아, 신비의 나라, 이란

아침 일찍 일어나 식사를 하고 페즈만과 테헤란을 돌아보기로 했다. 서울의 남산 타워와 같은 테헤란 밀라드 타워를 구경하기로 했다. 아직 공사가 진행 중이라 입장이 가능한지 몰라 알아보니 가이드와 함께 올라가는데 한 사람당 1만 원이라는 어마어마한 가격이었다. 차라리 올라가지 않았으면 했지만 페즈만도 처음 올라가는 거라며 센터에 전화를 했고 외국인이라 특별히 관람이 허락되었단다. 가이드와 함께 300m 정도 올라가 테헤란의 전망을 보는데 멀리서부터 이어지는 도로에 역시나 넓은 국토를 실감할 수 있었다. 가이드가 테헤란의 최고층인 55층 빌딩과 공항, 축구장, 북쪽을 감싸고 있는 산맥 등을 설명해 주었다.

　다음으로 향한 장소는 'SAD ABAD MUSEUM COMPLEX' 라고 옛 이란 왕족이 살던 곳이다. 내부로 들어가 White Palace와 Green Palace, 그리고 왕의 딸이 4년 정도 머무른 건물을 구경했다. 한 가족이 살던 장소로는 엄청나게 크다 싶었지만 한국의 경복궁을 떠올리니 당연하다는 생각도 들었다. 페즈만과 걸으며 이란 역사에 대하여 이야기를 들었다. 40여 년 전 이란에 혁명이 일어났고 왕가를 귀양 보내서 큰아들은 런던, 왕비는 프랑스에 살고 있다고 한다. 혁명이 일어난 후 계속된 이란 정부의 폭압 정치로 시민들은 그날의 혁명을 실수였다고 말한다. 그들은 예전의 왕가를 그리워했다. 물론 이란 사람들마다 차이는 있겠지만.

　관람을 마치고 이번에는 테헤란 북쪽에 위치한 다르반드로 향했다. 테헤란 북쪽의 계곡인 다르반드는 여러 레스토랑이 밀집해 있으며 관광지로 유명한 곳이다. 많은 사람들이 산을 오르거나 내려오는 중이었고 주위에는 간식을 파는 잡상인들이 북적였다. 물건 파는 소리, 흥정하는 소

리, 산을 오르내리는 친구들과 나누는 이야기 소리에 사람 냄새가 가득한 장소였다. 나는 산중턱까지 올라가며 그들의 분위기에 취해 걸었다. 해가 저물자 불타는 듯한 석양이 아름다웠다.

마지막으로 이란의 미국 대사관을 보고 싶었다. 이란으로 오기 전 테헤란에 대해 알아보는데 한 가지 흥미로운 점이 눈에 띄었다. 이란 혁명 당시 사람들이 미국 대사관에 들어가 미국인들을 내쫓고 대사관을 폐기시켰다는 것이다. 그 이유로 아직도 이란에는 미국 대사관이 없다. 그닥 볼거리는 없지만 내 눈으로 그 현장인 옛 미국 대사관을 보고 싶었다. 지금은 이란과 미국에 관련된 자료를 찾는 도서관 역할을 하고 있다.

아직 페르시아에 대한 자존심이 남아 있는 이란. 여러 관광지와 그들의 일상을 보면서 느낀 국가에 대한 자부심과 종교에 대한 열정은 나의 고개를 숙이게 했다. 어른을 존경하는 문화나 이웃사촌과 가까이 지내는 것, 예의범절을 중요하게 여기는 것 등 사뭇 한국과 비슷한 점이 많았다. 실제로 이란 사람들이 한국 드라마를 좋아하는 이유가 이런 문화가 비슷해서 그렇다고 페즈만이 말했다.

이란의 문화

　이란은 유럽, 아프리카, 아시아의 중간지대에 위치하여 터키와 마찬가지로 지정학적으로 중요한 요충지입니다. 하지만 국토의 대부분이 사막으로 되어 있죠. 인구의 90% 이상이 이슬람교를 믿는 까닭에 여성들은 이란을 방문하기 위해서 반드시 차도르를 둘러야 하지만, 다른 이슬람권 국가들과는 달리 이란에서는 개방, 개혁정책에 힘입어 이러한 관습이 퇴조하고 있으며, 여성 참정권도 일부 인정되고 있습니다. 이슬람력에서 9월은 일출에서 일몰까지 의무적으로 금식을 하는 라마단이므로 모든 레스토랑이 문을 닫습니다. 그렇기 때문에 이란을 여행하려면 라마단을 피해서 일정을 잡는 편이 좋습니다.

　이란은 핵무기 보유 및 개발 의심국가이므로 유럽과 미국에서 정치, 경제적으로 많은 제재를 받는 나라입니다. 그런 이유로 이란에서는 국제카드 사용이 불가능하므로 입국 전 공항이나 국경에서 반드시 소정의 환전을 하거나 달러를 가져가는 것이 편리합니다.

　지금 이란은 한류 열풍에 빠져 있습니다. 한국 드라마 〈대장금〉을 시작으로 제가 여행했을 당시 〈주몽〉의 인기가 높아 한국 사람이라면 엄청난 친절을 베풀어 주었습니다. TV 광고나 여러 가전제품, 심지어 아이들의 책가방과 식당의 접시에도 주몽의 포스터를 볼 수 있을 정도랍니다. 이란에서는 항상 한국 사람이라고 말하세요. 그럼 친절하게 대해준답니다.

배낭여행!?

페즈만의 집에서 3일을 보냈을 때, 그가 가족들의 모임이 있어 지방에 내려가야 할 일이 생겼다. 머물 장소를 옮겨야 했다. 나는 대사관에서 만난 형님께 연락을 했고 형님이 머문다는 게스트하우스로 갔다. 페즈만은 내가 게스트하우스로 가는 것이 못내 미안한지 계속 이것저것 챙겨 주었다. 이로써 스쿠터 여행이 아닌 배낭여행이 시작된 것이다.

아침 일찍 일어나 아침을 먹고 게스트하우스로 향했다. 스쿠터는 내일 대사관에 가져가기로 하고 배낭여행에 필요한 짐을 따로 챙겼다. 나머지 짐은 페즈만의 차에 실은 뒤 먼저 우체국으로 향했다. 날씨가 더워서 그런지 문이 닫혔지만 경비 아저씨로부터 한국까지 택배 가격을 알 수 있었다. 10kg에 67,500원. 괜찮은 가격이다.

그리고 마쉬하드 호스텔에 왔는데 숙소 환경을 보고 페즈만이 미안한지 주인에게 계속 주변이 안전한지 물어본다. 걱정 말라며 페즈만을 보내고 한동안 침대에 누워 있었다. 이란에 도착하고 많은 일들이 일어났다. 스스로 정리할 시간이 필요했던 것이다.

정신을 차리고 화장실에서 손빨래를 했다. 얼마 뒤 한국 사람이 들어왔는데 겉보기에도 여행자 포스가 넘쳐났다. 게스트하우스에는 지금 보고 있는 큰형님과 대사관에서 만난 형 그리고 나. 한국 사람이 총 세 명이다. 큰형님은 내 사정과 여행 이야기를 듣고 앞으로 내가 가게 될 인도, 파키스탄, 중국에 대한 정보를 알려주었다. 초보 배낭여행자인 내가 불쌍해 보였는지 여러 가지 챙겨주시는데 한국도 아닌 이란에서 그것도 테헤란 어느 숙소 한 방에 3명의 한국인이 있다니. 여행지로는 잘 알려지지 않은 이란. 그렇기에 더 신기했다.

우리는 여행 정보를 주고받으며 이야기를 나누었다. 큰형님께서 나가시더니 닭볶음탕을 만들었다며 먹으란다. 얼마만에 먹는 한국 음식이란 말인가. 연이어 "감사히 먹겠습니다!"가 튀어나왔다. 그렇게 배를 채우고 미안한 마음에 작은형님과 나는 설거지를 열심히 한 뒤 커피를 끓여 나눠 마셨다. 방에서 한국 노래를 들으며 계속 여행 정보가 오고 갔다. 중간에 독일 친구가 방으로 들어와 최근에 여행한 북한 사진을 보여주는데 비록 같은 나라이지만 다른 세상을 보는 느낌에 마음이 아프다. 독일 친구는 언론에서 북한이 핵을 가지고 있는 위험한 국가라 말하지만 실제로 그런지 알고 싶어 북한 여행을 선택했다고 한다.

스쿠터 여행과 배낭여행의 차이

다음 날 아침 일찍 파키스탄 대사관으로 갔다. 철창 앞에서 경찰들과 함께 업무를 보는 파키스탄 직원을 보면서 파키스탄 정세를 짐작할 수 있었다. 역시나 파키스탄 비자를 받지 못한다는 간결한 대답만 듣고 힘 없이 돌아와야 했다. 그렇게 파키스탄 대사관을 떠나 큰형님은 테헤란 대학교를 보러 가고, 작은형님은 인도 대사관으로 향했고 나는 한국 대사관으로 흩어졌다.

지하철을 타고 페즈만의 집으로 가서 그곳에 두었던 스쿠터를 타고 한국 대사관으로 갔다.

오늘이면 스쿠터 관련 서류를 받을 줄 알았는데 이란 정부에서 거부했다며 다른 방법을 알아보고 있단다. 스쿠터가 내 발목을 잡는 순간이었다. 뭔가 모를 불안감이 다가왔다. 우선 스쿠터와 열쇠를 대사관에 맡기고 20km가 넘는 숙소까지 걸어갔다. 스쿠터가 있었다면 이럴 필요도 없

고 자유로이 돌아다니며 쉽게 달릴 수 있는 걸 이젠 두 발로 찾아다녀야
하는 상황이 그저 이상하다.

오늘 오전에 떠난다는 큰형님에게 인사라도 하고 싶었지만 내가 숙소
에 도착했을 때는 벌써 떠나고 없었다. 한국 사람이란 정보뿐. 이름도,
뭘 하는 사람인지도 모르고 헤어졌다. 언제 다시 만날지도 모를……

'여행은 그런 것이다. 미련 없이 왔다가 떠나는 것.' 큰형님에게 이름
을 물었을 때 들었던 말이다. 사실 대사관에서 만난 형님도 결국 이름도
모르고 헤어졌다. 20일 이상을 함께 여행했건만.

마슈하드Mashhad로 가기 위해 배낭을 메고 터미널로 향했다. 이로써
배낭여행이 시작되는 것이다. 버스에 올라 창문 밖을 보았다. 높은 산을
감싸고 있는 난간도 없는 2차선 도로를 지나 사막을 달리는데 문득 이 길
을 스쿠터로 달렸다면 어땠을까? 라는 생각이 든다. 유라시아 횡단을 하
면서 스쿠터 여행과 배낭여행을 동시에 체험하게 되었다. 형님이 말하길
스쿠터 여행을 하면 지도상으로 선이 되지만 배낭여행을 하면 지도상으
로 점이 된다는 말을 했는데 정말 그런 것 같다. 스쿠터를 타고 달릴 땐
길 위의 모든 장소가 여행이 된다. 심지어 목적지였던 도시보다 길 위에
서 만난 작은 마을이 더욱 기억에 남는 경우도 많았다. 하지만 배낭여행
을 하게 되면 숙박비를 아끼기 위해서나 피곤함 등의 여러 이유로 다음
도시로 이동하기 위해 버스나 기차에서 잠이 든다. 그러면서 여행은 점
이 되는 것이다.

서서히 눈이 감겨온다…….

이란 곳곳을 누비다

테헤란에서 17시간이 지나서야 마슈하드에 도착했다. 17시간 동안 버스를 탄다는 말은 그만큼 이란의 국토가 광대하다는 것을 의미한다. 도착하자마자 야즈드행 버스 티켓을 구입하고 이맘 레자 영묘로 향했다. 마슈하드는 이란에서 테헤란 다음으로 큰 도시로 이란의 동쪽 끝에 자리 잡고 있다. 관광지로 유명하지 않지만 이슬람의 성지로 유명하다.

이맘 레자 영묘로 가는 길에 음식점에 들러 끼니를 해결했다. 이맘 레자 영묘는 가방이나 카메라 반입 금지였다. 가방을 보관하고 드디어 들어가려는데 외국인이라 가이드와 함께 입장해야 한단다. 국가가 운영하는지라 가이드 값은 따로 받지 않지만 참! 들어가기 까다롭다. 거기다 이슬람을 믿지 않는 사람은 건물 내부로 입장을 못 하고 건물 외부만 볼 수 있었다. 가장 먼저 축구장보다 넓은 광장이 나를 압도했다. 7, 8월에 사람들이 몰려 이곳에서 기도를 드린다는데 광장에 사람이 가득 모여 입구까지 줄지어 기도를 드린단다.

이맘 레자는 이슬람의 십이이맘파 제8대 이맘이다. 제7대 이맘의 아들로 태어나 799년에 이맘으로 즉위했다. 실내가 모두 거울조각으로 장식되어 있는 모습이 테헤란의 Green Palace와 같았다. 그 화려한 모습은 직접 보지 않고서는 느낄 수 없을 정도다. 건물 외부는 타일로 장식을 했으며 계속 확장 중이라 공사가 한창이었다.

다음 여행지는 마슈하드에서 약 13시간 버스를 타야 도착할 수 있는 야즈드다. 배낭여행을 하니 이동하는 중에 일기를 쓸 수 있어서 좋은 것 같다. 야즈드라는 도시는 이란의 중앙에 있는 도시로 사막 가운데에 위치하고 있다. 옛 실크로드의 길목으로 한때 번성하던 도시였지만 칭기즈 칸의 점령 이후 발전이 멈춘 상태로 보전된 도시다. 사막의 도시라 그런지 강한 모래바람이 짊어지고 있는 배낭을 더 무겁게 했다. 배낭여행을 시작하면서 가장 중요해진 것은 숙소였다. 목적지에 도착하면 바로 숙소를 잡는 것이 1순위가 되었다. 족히 4km는 넘게 걸어 저렴한 숙소를 찾았고 일단 샤워부터 했다. 오랜 버스 여행으로 지쳤고 무거운 배낭을 메고 뜨거운 사막을 걸었기에 잠시 쉬기로 했다.

　배가 고파서 먹을 곳을 찾는데 뜨거운 낮이라 그런지 거리에 사람도 없고 가게마다 문이 닫혀 있다. 겨우 한 곳을 찾아 샌드위치를 먹고 론리플래닛에 적혀 있는 야즈드 구시가지 추천 코스를 걷기로 했다. 자메 모스크Jameh Mosque를 구경하고 칸에 라리Khan-e Lari라는 150년 된 정통 집을 관람한 뒤 성 외벽을 따라 한 바퀴 돌았다.

　야즈드는 3,000년이 넘는 역사를 가진 만큼 실크로드의 중요 행선지로서 당대 번성했던 교류를 상상할 수 있었다. 모든 건물이 짚과 흙으로 만들어진 모습이 인상 깊었다. 지붕에 달려 있는 독특한 채풍장치인 바드기르스Badgirs는 페르시아 말로 '바람의 탑'이다. 이 장치가 더운 사막 한가운데 작은 바람이라도 모아 시원한 바람을 만들어 건물 내부로 보내고 더운 바람은 밖으로 빼낸다고 한다. 수천 년 전에 이런 과학이 존재했다는 자체만으로 놀라웠다.

　우리는 우체국으로 가서 우표와 엽서를 사서 편지를 썼다. 알고 있는 주소라고는 집뿐이기에 가족에게 편지를 썼다. 처음으로 여행 중 누군가에게 편지를 쓰는 것 같다. 벌써 두 달이 되어가는 유라시아 여행. 하고 싶은 말이 많지만 한 장의 엽서에 내 마음을 다 담기란 쉽지 않다. 40도에서 50도를 넘나드는 이란. 아마도 이란이 나의 유라시아 횡단 중 가장 기억에 남는 국가일 것이다. 스쿠터 여행에서 배낭여행으로 바뀐 나라, 여행 경비가 없어 네티즌에게 도움을 받은 사연 등 어려운 상황이 가장 많은 나라다. 편지를 쓰면서 여행을 마치고 돌아갈 집이 있다는 생각에 문득 가족들에 대한 감사함을 느낀다. 앞으로 더 많은 걸 보고 느끼며 배워서 보다 성숙해진 모습으로 가족 품으로 돌아가길 다짐해 본다.

  다음 여행지는 야즈드에서 멀지 않은 거리에 위치한 이스파한이었다. 멀지 않은 거리라는 게 버스로 5시간이다. 이스파한에 도착하자마자 비자 연장을 해야 한다. 미슈히드에서 형님 덕분에 알게 되었는데 내 비자는 15일짜리라는 것이다. 그리고 대사관에 전화해서 스쿠터 진행상황도 들어야 하는데 좋지 못한 소식을 들을까 걱정이다.

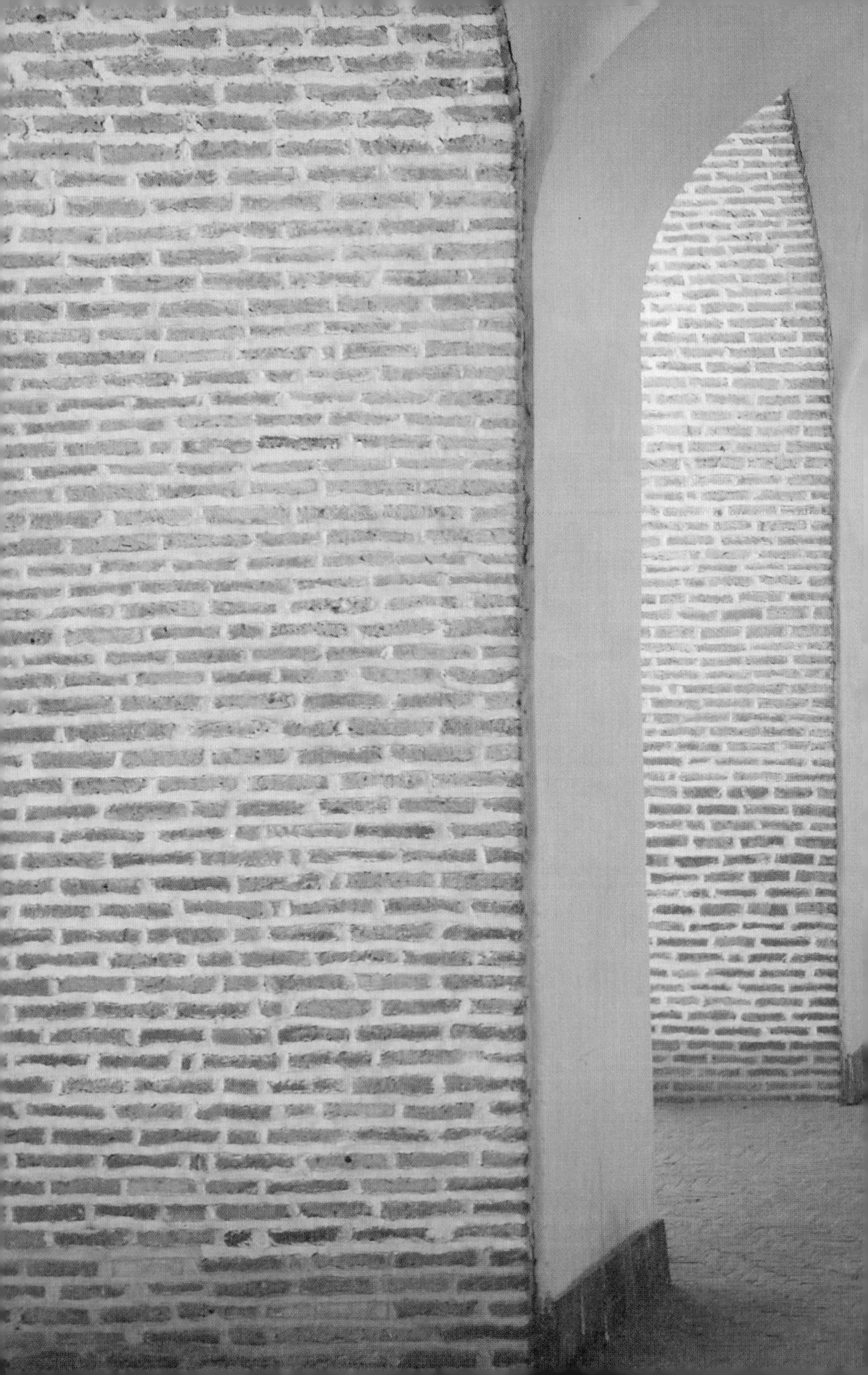

Tip

배낭여행의 성경책 론리 플래닛

세계의 배낭여행자들을 자세히 살펴보면 공통점이 있습니다. 한 손에 가이드북을 가지고 있다는 점입니다. 저도 유럽에서는 한국 출판사의 가이드북으로 여행을 하다가 중동과 아시아에서는 론리 플래닛을 항상 들고 다녔죠. 세계 여행자들 사이에서 성경책이라고 불리는 론리 플래닛은 세계에서 가장 큰 여행안내서 전문 출판사의 책입니다. 특히 저예산 여행자들에게 가장 인기 있는 여행 가이드북으로 약 120개국 700여 권의 안내서가 있으며 모든 글이 영어로 집필되지만, 기본적인 어휘 실력만으로 해석할 수 있도록 쉽게 작성되어 있습니다. 최근엔 한국어판 론리 플래닛도 출간되었습니다.

일반 가이드북과 같이 주요 관광지의 다양한 정보와 지도는 물론이고 국경 통과 방법과 비자 연장 방법, 심지어 돈이 없을 때 일자리 구하는 방법까지 있습니다. 이처럼 많은 정보를 담고 있는 가이드북이기에 단점은 다른 가이드북에 비해 사진이 없다는 것입니다. 요즘은 한국의 출판사에서도 많은 정보가 포함된 가이드북이 나오지만 오지를 가거나 영어를 어느 정도 한다면 영어 공부한다 생각하고 론리 플래닛을 구매하는 것도 괜찮겠죠?

참고로 제값 주고 구매하는 것보다 게스트하우스나 헌책방에서 산 후 여행을 마치면 되파는 방법을 추천합니다. 게스트하우스는 세계 여행자들의 집합소로서 다양한 정보를 얻고 자신에게 필요 없는 물품을 파는 데 좋은 장소이기도 하죠.

6시간의 대혈투

이스파한에 도착한 시간은 아침 6시. 나침반을 꺼내 위치를 확인하고 남쪽으로 가는 방향으로 버스를 탄 뒤 가장 저렴한 숙소에 도착한 시간은 6시 30분. 배낭을 내려놓고 비자 연장을 위해 출발했다. 론리 플래닛에 보니 버스를 두 번 갈아 타야 하는데 하루 3만 원 여행자에겐 큰 가격이었다. 한 번만 타도 되는 곳까지 걸어가기로 한다는 게 그만 20km 이상을 걸어서 도착했다. 9시가 가까워 도착한 후 비자 연장 신청을 하는데 이들은 우리에게 복사를 해오라는 둥, 은행에 돈을 넣고 오라는 둥 여러 가지 주문을 했다. 오늘 새벽 이스파한에 도착해서 20km 이상을 걸었기에 지칠 대로 지친 우리에게 말조차도 귀찮다는 듯 명령조로 말했다. 젠장! 우린 온몸이 물 먹은 솜처럼 무거운 데다 속이 타들어간다고……

가까스로 은행을 찾아 비자 연장 값 2만 원을 입금하는데 은행 처리 속도까지 느리다. 돌아오는 길에 여권과 이란 비자를 복사하고 신청서를 냈다. 일요일에 다시 오라고 한다. 큰일이다. 토요일 저녁 테헤란에 가서 한국 대사관을 가야 하는데 일정이 꼬였다.

일단 한국 대사관에 전화하기로 했다. 정말 바라지 않던 문제가 발생했다. 이란 정부에서 스쿠터 받기를 계속 거절한단다. 한국 대사관은 스쿠터를 한국까지 항공 택배로 보내라고 권유한다. 가격은 1,600달러! 스쿠터 값보다 훨씬 높은 가격이다. 그럴 돈도 없다. 아무리 여행을 하면서 정들었다 하지만 그 정도 가격에 스쿠터를 한국에 보낼 상황도 안 되고 한국으로 보낸다 한들 영국의 스쿠터이기에 반입이 힘들 것임에 분명했다. 비자 연장에서부터 모든 것이 꼬여가는 느낌이다. 이미 인도로 가는 비행기 티켓을 예매한 상태고 시간도 없다. 전화를 끊고 자리에 앉아 상황을 파악했다. 스쿠터를 한국으로 보내는 건 도저히 불가능하다는 결론이 났다.

다시 대사관에 전화를 해서 혹시 스쿠터 분실 신고를 하고 경찰서 증명서를 받으면 되지 않겠냐고 물었더니 이미 이란 정부에 물었기 때문에 괜히 문제가 커질 수 있단다. 일단 테헤란으로 오라고 한다. 그리고 한 번 더 이란 정부에 물어보겠단다. 일주일 뒤에 결정이 날 것 같다기에 비자 연장을 10일 했다고 하니 2주를 연장하라고 말하고는 끊어 버린다. 젠장! 꼬여도 완전 꼬이는구나. 다시 비자 연장 신청을 한 사무실로 찾아가 2주로 수정하려는데 서류가 벌써 넘어갔는지 옆 건물로 가보란다. 급하게 달려가 한 직원에게 물어보는데 내 표정이 어찌나 급해 보였는지 2주 수정하는 것은 물론이고 하루 일찍 토요일날 받을 수 있게 영수증 날짜도 수정해 주었다. 너무 걱정하지 말라고 사탕을 손에 쥐어 주며 웃는 그의 모습을 아직도 잊을 수 없다.

다시 숙소로 돌아오니 12시 30분. 숙소에서 출발할 땐 모든 상점이 닫혀 고요하고 한적한 이스파한의 모습이었는데 돌아올 땐 사람들로 붐비는 다른 인상의 이스파한이었다. 길을 걸으며 아침부터 지금까지 내게 어떤 일이 있었는지 생각하니 헛웃음이 절로 나온다.

이스파한은 한국으로 따지자면 경주라고 할 정도로 이란의 대표적인 관광지이다. 저녁 8시. 거리의 모든 상점은 문이 열려 있고 사람들이 거리로 나와 북적이는 분위기는 테헤란과 또 다른 모습으로 다가왔다.

'지구의 반'이라는 프랑스 유명 시인의 말로 잘 알려진 이맘 호메이니 광장을 둘러보았다. 화려하기보단 군더더기 없이 있을 곳에만 있는 아름답고 은은한 조명과 넓디넓은 광장의 잔디밭에 더위를 피해 나와 있는 엄청난 인파에 놀랐다.

골치 아픈 비자 관리

타국을 여행하려면 각기 다른 비자법에 대해서 알고 있어야 합니다. 한국에서 20년 넘게 살고 처음 영국이라는 타국에서 어학연수를 마친 뒤 유라시아 횡단을 했던 저도 비자에 대해 아는 정보가 적었기에 많이 힘들었던 기억이 있습니다. 국가에 따라 여행이 제한되는 곳도 있고 한국 대사관에서 비자 레터를 받아야 하는 나라가 있는가 하면, 반면에 인터넷상으로 간편하게 비자를 받을 수 있는 국가도 있습니다.

비자를 받기 위해서 기본적으로 비자 발급 수수료를 지불해야 하는데 이것도 국가에 따라, 체류 기간에 따라 차이가 있습니다. 물론 한국 사람이라면 유럽을 여행할 때 비자는 필요 없습니다. 여권만으로 1개월에서 최대 6개월까지 관광 비자를 국경이나 공항에서 자동 발급해주기 때문이죠. 그 외에도 동남아, 미주지역 등 사증 면제협정체결국이 있으므로 외교통상부 해외안전여행 홈페이지에서 확인하면 됩니다.

제가 비자 때문에 가장 고생한 국가는 이란입니다. 비자를 신청할 때 이란 대사관 직원과의 정확하지 못한 대화 탓에 싱글 비자를 받았고 체류 기간은 단 15일이었습니다. 다행히 이란에서 만난 한국 형님이 알려주었기에 비자 연장을 했지만, 끝까지 알지 못했다면 비자에 적혀 있는 유효기간과 만료기간이 체류기간인 줄 알고 큰일날 뻔했죠. 또한, 이란은 다른 국가와 달력 계산이 다르므로 꼼꼼하게 알아보고 준비해야 합니다.

● **싱글 비자**— 비자 유효 기간 동안 입국, 출국이 1회 허용됩니다. SINGLE 또는 ONCE라고 표기됩니다. 가능하면 더블이나 트리플, 멀티 비자를 추천합니다. 앞날은 어떻게 될지 모르니까요.

● **유효 기간**— 비자 발급일로부터 지정된 기간에 입국해야 하고 만료기간 전에 출국해야 합니다. 이때 주의할 사항은 만료 기간이 남았어도 입국 후 체류 기간까지만 머물 수 있습니다. 저처럼 헷갈리지 마세요.

굿바이, 나의 스쿠터

이스파한에서 이틀간 머물고 비자 연장을 받자마자 테헤란으로 향했다. 터미널에 도착해서 나는 한국 대사관으로 향했고 형님은 인도 대사관으로 향했다. 대사관에서도 내 문제가 심각한 수준인지 영사관과 직접 면담까지 했다. 그들은 마지막으로 다시 이란 정부에 부탁을 했지만 또다시 거절당하면 터키로 가는 방법뿐이라 했다. 처음부터 스쿠터 문제로 한국 대사관에 근무하는 이란 직원 한 명이 내 문제를 전담했었는데 오후 2시까지 결과를 가지고 돌아올 예정이라고 했다.

2시까지 온다는 직원을 기다리고 있는데 어느 한국 기업에서 대사관에 볼일을 보러 왔다가 나의 여행에 관심을 보였다. 사장으로 보이는 분은 나에게 이란의 역사에 대해 말해주시며 역사의 중요성을 다시금 일깨워 주셨다. 2500년 전 옆나라인 이집트에선 채찍을 사용해 피라미드를 만들었지만 페르시아 사람들은 궁전을 만들 때 인부들 월급을 주고 일을 시켰다고 한다. 심지어 여자가 임신하면 출산 기간으로 1년 동안 쉬게 했다는 이야기가 놀라웠다. 그 외에 아랍인이 점령했어도 페르시아어를 버리지 않고 이어온 것과, 단지 30여 년 전 잘못된 혁명으로 인해 그들의 삶이 뒤바뀐 것이 이란을 빈곤하게 만들었다고 했다. 또한 옛날 과학, 수학이 어느 나라보다 앞서 있었지만 현재 고위 세력들이 정치·경제의 모든 자리를 독차지하는 바람에 똑똑한 사람은 모두 해외로 가버린 결과 이런 상황이 초래되었으며 앞으로도 상황은 더욱 악화될 전망이란다.

여행을 하면서 인복이 있는 건지, 그분은 헤어지는 길에 명함과 100달러를 내 손에 쥐어주셨다. 많은 것을 배우고 한국으로 돌아오라는 말과 함께…….

　문제는 다음 날 해결되었다. 넉넉하게 잠을 청하고 혹시나 나쁜 결과가 나온다면 바로 출발하기 위해 모든 짐을 챙긴 뒤 대사관으로 향했다. 여기서 나쁜 결과란, 이란 정부에서 스쿠터 받기를 거부하고 나는 다시 터키로 돌아가는 것이다.

　스쿠터 처리에 모든 노력을 쏟았던 이란 직원인 아디비가 반갑게 맞아주며 이란 정부가 스쿠터를 받기로 결정했다고 자기 일처럼 기뻐했다. 서류를 받아든 순간 나는 여러 감정에 휩싸였다. 결국 문제가 해결되었지만 스쿠터와 헤어져야 하기 때문이다. 약 1만 km를 함께 했던 녀석이라 그 동안 정이 많이 들었다. 모든 서류에 서명을 하고 스쿠터 열쇠를 넘길 때 예비용 열쇠를 주고 사용했던 열쇠는 기념으로 간직하기로 했다. 스쿠터 때문이 아니라 파키스탄 비자를 받지 못한 나 때문에 헤어지는 것이기에 미안한 생각이 더욱 크다. 마지막으로 스쿠터에 키스를 하고 이별을 고했다.

이젠 내 두 다리로 여행을 해야 한다.

여행을 하기 전부터 언젠가는 스쿠터를 포기해야 할 상황이 올 줄 예상했지만 이란에서 포기할 줄은 몰랐다. 이란…… 내 유라시아 횡단 중 정말 잊지 못할 나라가 될 것 같다. 그렇게 쉬라즈행 버스에 몸을 싣고 출발한다. 차창 밖을 보며 여행을 되새겨 본다. 60일 동안 어떻게 달려왔는지도 모르겠다. 이제 스쿠터와 헤어지고, 한 달 정도 남은 나의 여정. 그리고 가까운 나의 미래 또는 먼 미래를 생각해야 한다. 확실한 건 이제 두렵지 않다는 것이다. 이 여행을 통해 나는 정말 성숙하고 있는 걸까? 이제 또 다른 미지의 세계로 서둘러 출발하고 싶다. 미래를 위해!

버스에서 이란 친구들과 이야기하다 친해져서 쉬라즈에 먼저 도착한 형님과 만나는 데 도움을 받았다. 14시간 동안 버스를 타고 아침 8시에 도착해서 형님과 약속한 론리 플래닛에서 가장 저렴한 숙소를 찾아가는데 그들은 택시까지 태워주며 함께 따라왔다. 그러면서 혹시 괜찮다면 자신의 집에서 하루 머물러도 된다고 말했다. 어차피 당장 내일 인도로 떠나야 하기 때문에 정중히 거절하고 형님을 찾아 숙소 건물로 들어가는

데 몇 달 전에 폐업해 없어졌단다.

근처 다른 숙소를 찾아봤지만 한국 사람이 없다는 대답뿐. 혹시나 메일을 보냈을까 싶어 근처 인터넷 카페로 향했는데…… 카운터 옆 프린트된 종이를 보다가 나와 같은 비행기 티켓을 발견하고 혹시나 해서 자세히 보니 형님 이름이었다. 친구들에게 종이를 보여주며 내가 찾는 사람이라니까 그들이 인터넷 카페 사장과 이야기를 나누었다. 그러고는 웃으며 이야기를 들려준다. "뭐, 어떤 거지가 와서 프린트 값을 깎아달라는데 그놈이 한국놈이었어?" 대충 이런 느낌이었다. 메일을 확인하니 역시 형님이 머물고 있는 숙소 위치를 적어 놨다. 버스에서 만난 친구들은 내가 형님과 만나는 걸 보고서야 헤어졌다.

쉬라즈에 일찍 도착한 만큼 근처를 둘러보기로 했다. 먼저 배낭여행에 필요 없는 짐을 한국으로 보내기 위해 중앙우체국에 들렀다. 선박 택배로 13kg에 약 4만 원이다. 어마어마한 거리에 비하면 저렴한 가격이지만 지금에서야 말하자면 이 소포는 한국에서 4개월이나 지난 다음 받을 수 있었다. 택배를 보내고 가벼운 마음으로 쉬라즈에서 가장 유명한 페르세폴리스로 향했다.

페르세폴리스에 도착하기 전에는 여기가 어딘지도 모르고 그냥 따라갔을 뿐인데 페르시아 제국의 시작이자 수도이며 페르시아인들은 '파르사Parsa'라고 부르는 궁전이었다. 가장 먼저 느낀 점은 황량함이었다. 그저 기둥의 흔적만 남아 있을 뿐 대부분의 유적은 유럽 박물관에 보관되어 있기 때문이다. 하지만 2500년 전 어떻게 만들어졌는지 가늠할 수 없을 만큼 바위의 절단면이나 각각 정교하게 연결된 모습이 놀라웠다. 대사관에서 만난 어르신이 말씀했던 대로 현재보다 월등한 월급과 복지를 갖춘 페르시아에서 지은 왕궁이 페르세폴리스였던 것이다.

페르세폴리스 구경을 마치고 저녁이 되어서 숙소에 도착했다. 식당에서 저녁을 먹고 잠깐 산책하러 나왔다. 거리에 나와 잔디밭이나 벤치에

앉아 여유를 부리는 사람들의 모습을 보며 우리도 그들과 함께 이란에서의 마지막 밤의 여유를 느껴본다. 중동에서 여유를 느끼려면 빠질 수 없는 것이 물담배다. 물담배를 한 모금씩 나누며 잔디에 누워 형님과 미래에 관한 이야기를 한다.

그렇게 이란에서의 마지막 저녁은 여유롭게 흘러갔다.

배낭여행 준비물

어떻게 보면 스쿠터 여행을 할 땐 불필요한 짐까지 챙겨 갔다고 생각됩니다. 무거운 짐이라도 스쿠터에 싣고 달리면 되기 때문이죠. 하지만 배낭여행을 한다면 이야기가 달라집니다. 필요한 모든 짐을 배낭에 넣고 오직 자신의 어깨와 두 다리를 믿고 여행을 해야 하기 때문이죠. 그렇기에 스쿠터 여행에서 배낭여행으로 바뀌면서 오랜 시간 어떤 물건을 챙겨 갈까 고민했었죠.

배낭여행을 다닐 때 다음 장소에 도착하면 가장 먼저 하는 것이 숙소를 찾는 일입니다. 하지만 저렴한 숙소를 찾지 못하고 이곳저곳 헤매다 보면 배낭이 원수 덩어리로 느껴지죠. 그래서 배낭여행객은 짐을 최소화하고 꼭 필요한 물건만 넣습니다. 심지어 비누를 사더라도 무거운 배낭 때문에 반으로 쪼개 하나를 버린다는 이야기가 있죠. 한 가지 더 웃긴 속설은 세계 일주 여행자보다 전국 일주 여행자의 배낭이 더 크고 무겁다는 이야기입니다. 실제 확인 결과 사실이더라고요. 믿거나 말거나. 그렇다면 제가 선택한 물건은 어떤 것인지 알아보겠습니다.

배낭여행 준비물

태극기, 카메라 2대(NIKON-D80, SAMSUNG), 카메라 가방, 카메라 청소도구, SD카드, SD카드 리더기, USB, 외장 하드, 충전기(카메라, 휴대폰, MP3), 건전지(전등용), 전등, 나침반, 가이드북(론리 플래닛), 읽을 책 1권(『철학과 굴뚝청소부』), 다이어리, 필기도구, 수첩, 양말(3), 팬티(3), T셔츠(긴1, 반3), 신발(고어텍스 등산화, 슬리퍼), 바지(바지1, 반바지1), MP3, 휴대폰, 응급 약품(소화제, 감기약, 몸살, 설사약, 밴드, 붕대, 연고, 벌레 퇴치용), 세면도구(비누, 치약, 칫솔), 스킨 · 로션, 선크림, 수건(2), 휴지, 시계, 라이터, 칼, 예비 비닐, 백 팩, 크로스 백, 지갑(카드, 여권, 국제 면허증), 물병, 끈.

　이란과는 너무 다른 분위기다. 사업차 UAE를 찾은 이방인들과 소수의 자국민들은 여유롭게 항상 에어컨 공간 안에서 생활하고 이웃나라에서 온 가난한 중동인들은 이들을 위해 또 다른 에어컨 공간을 만드는 것이다. 단지 자본의 차이인 걸까? 어떤 차이가 이런 차별을 가져오는 걸까? 단지 이들의 지식 차이나 태생의 차이라기엔 너무 다른 삶을 살고 있다. 하지만 같은 지구에서 살아가는 인간이다. 한참 마트에 앉아 통로를 바삐 지나가는 이방인과 밖에서 일하는 구릿빛 사람들을 번갈아 쳐다본다.

Part
4

아시아의 매력에 빠지다

4○대 중반인 지금도 지켜오는 원칙이 하나 있다.
절대, 절대로 청바지를 포기하지 말 것!
젊다는 건 청바지를 입고
사랑과 열정과 갈망을 실천에 옮기는 것.
—박후기

구역질나는 인도, 하지만…

드디어 인도의 수도 델리에 도착했다. 델리는 두 지역으로 나뉘는데 지금의 수도로 불리는 뉴델리New Delhi와 올드델리Old Delhi가 있다. 옛날에 올드델리는 마을이었지만, 영국 식민지 시대 때 새로운 수도로 뉴델리가 건설되었다. 영국의 설계와 건설에 의한 신도시를 뉴델리라고 부르고, 옛부터 있던 도시를 올드델리라고 부르고 있다.

하루 3만 원 여행자인 형님과 내가 가장 먼저 해야 할 일은 당연히 저렴한 숙소부터 찾는 것이다. 인도 여행 경험이 있는 형님 덕분에 공항에서 숙소까지는 쉽게 찾아갈 수 있었다. 올드델리에 있는 파하르간지는 인도 배낭여행자들의 메카이다.

우리는 1시간을 돌아다닌 결과 파하르간지에서 가장 저렴한 숙소를 찾아냈다. 곰팡이가 잔뜩 슬어 있는 벽지에 천장의 곰팡이와 인사라도 하는 듯 침대 시트에도 곰팡이가 있었다. 화장실은 세면대도 없고 샤워기 헤드는 어디로 갔는지 호스 끝이 잘려 있었다. 하지만 가장 큰 문제는 에어컨도 없이 시끄러운 선풍기 한 대에 의지한 채 인도의 습한 기후를 이겨내야 한다는 것이다.

형님은 땀에 절어 샤워부터 한다는데 나는 인도라는 국가가 당황스러워 침대에 주저앉아 버렸다. 아니, 당황스럽기보다 정확히 말하면 충격이었다. 그 중 가장 큰 충격은 숙소로 오면서였다. 택시를 대신해 인도의 명물 오토 릭샤를 타고 파하르간지로 이동했다. 길거리에 자연스럽게 돌아다니는 소와 그들이 남긴 배설물들은 익히 들었기에 괜찮았다. 하지만 뉴델리에서 올드델리로 오면서부터 상황은 더 심각했다. 파리 떼가 사방에 돌아다니고, 쓰레기통이 없어 길바닥이 쓰레기장이다. 길가에 거리낌 없이 누워 있는 사람이 있는가 하면 길에 천막을 치고 사는 사람들마저 있었다.

충격을 안겨준 건 그때였다. 릭샤를 타고 멀리서부터 눈이 마주친 어린아이. 어렴풋이 보아도 씻은 지는 한참 되어 보여 텐트에서 생활하는 아이 같았다. 점점 가까이 가보니 중학생으로 보이는 소녀였다. 그 소녀는 길 옆에 쪼그려 앉아 나를 쳐다보고 있었다. 좀더 가까이 다가갔다. 그녀는 그냥 쪼그려 앉아 있었던 게 아니었다. 길에서 대변을 보고 있었다. 소녀의 눈빛은 마치 늘 하던 행동처럼 아무런 표정 변화 없이 나를 쳐다보았다. 영국에서부터 유럽을 지나 터키, 이란을 거쳐 왔지만 이런 생각을 했다.

인도는 이상한 나라다.

정신을 차리고 샤워를 마친 뒤 파키스탄 비자를 받기 위해 대사관으로 향했다. 숙소를 나와 밖의 상황을 살펴보니 한마디로 정신없다는 말이 가장 정확한 표현인 것 같다. 내가 파하르간지에 갔을 당시 새롭게 변화하기 위한 공사가 한창이었다. 길을 넓히려고 건물을 부수는데 공사장은 어떠한 안전장치도 없이 외부에 노출되어 있으며 공사현장에 유유히 걸어다니는 소와 그 배설물 그리고 사람들로 북새통이었다. 지하철에는 입구부터 군인들이 경계에 나서 가방검사까지 한다. 테러를 방지하기 위함이라는데 일상생활에서도 이런 모습을 국민에게 보인다는 것은 나라가 그만큼 불안정한 상황임을 보여주는 것 같아 눈살이 찌푸려졌다.

하루 3만 원 배낭여행자

 스쿠터 여행에서 배낭여행으로 바뀌면서 하루 여행 경비를 3만 원에 맞춰 여행했습니다. 숙소나 식비, 교통비뿐만 아니라 비자 수수료 등 예기치 못한 지출이 있을 때에는 미리 예상을 하고 경비를 아끼거나 다음 날 경비에서 마이너스하면서 밸런스를 맞추었죠. 오랜 경력의 배낭여행자라면 필수적으로 하루 사용치를 정하고 여행을 하는데요. 우선 보유한 여행 경비에서 비상금을 제외한 뒤 여행 날짜를 나누어 하루 지출 비용을 결정하는 방식입니다. 제게 남아 있는 경비를 예상 날짜로 나누어 계산했더니 3만 원이 적정 수준이었습니다. 이렇게 여행을 하면 돈을 관리하기에 편리하고 나중에 경비가 떨어지는 사태와 과소비를 막을 수 있습니다. 또한, 다음 장소로 이동하더라도 내가 소비할 수 있는 돈을 어떻게, 어디까지 사용할지 계획을 세우기 편리하죠.

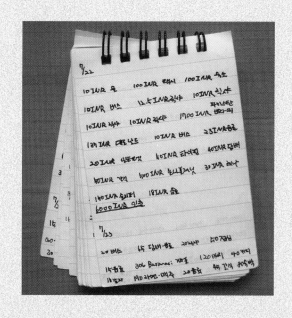

죽어도 파키스탄!

델리의 주요 행정 건물들은 뉴델리에 있다. 파키스탄 비자를 받기 위해서 파키스탄 대사관으로 향했지만, 한국 대사관으로부터 추천서를 받아 와야 비자를 발급해 준단다. 예상했던 대답이었기에 주저 없이 한국 대사관으로 향했다. 문제는 여기서부터였다. 과연 한국 대사관에서 추천서를 주느냐가 관건이었다. 당시 파키스탄 정세가 좋지 않았기 때문에 외교통상부가 지정한 여행 제한 국가였다. 역시나 한국 대사관 직원들이 왜 하필 파키스탄이냐며 추천서 쓰기를 거부했다. 터키에서부터 겪었던 터라 무조건 파키스탄을 가야만 한다고 부탁했다.

진심이 통했을까? 20분의 사투 끝에 대사관 직원이 어디선가 종이를 들고 왔다. 추천서일 거라는 생각에 들떠 있는데 종이에 적혀 있는 제목은 '서약서'. 내용을 간단하게 말하자면 이러했다.

파키스탄은 매우 위험한 지역으로서 법적으로 여행 제한 국가로 지정되고 있음을 인지하고 있습니다. 본인은 여행 제한 국가인 파키스탄에 방문 또는 체류하는 동안, 그 기간 중 본인에 대한 안전상 위해 또는 재산상의 불이익이 발생한다 하더라도 본인이 전적으로 책임을 지며 정부에 일체 책임을 묻지 않겠습니다.

파키스탄에 무조건 가야 한다고 우겼지만, 막상 서약서를 받고 사인을 하라니까 머뭇거려지는 건 어쩔 수 없었다. 하지만 선택의 여지가 없었다. 인도에서 육로를 통해 한국으로 가는 길은 파키스탄밖에 없었기 때

문이다. 인도 위쪽으로는 네팔을 지나 티벳을 지날 수 없었고 동쪽으로
는 미얀마가 국경을 봉쇄해 출입할 수 없었다.

   결국, 서약서에 사인하고 최근 파키스탄 정세에 대한 이야기를 듣고서
추천서를 받을 수 있었다. 다시 파키스탄 대사관으로 찾아가 비자에 필
요한 서류를 작성하는데 구형 타자기로 작성하는 모습에 깜짝 놀랄 수밖
에 없었다. 거기다가 관광 비자를 받는데도 비자 인터뷰를 해야 한다는
말에 역시나 쉽게 갈 수 있는 나라가 아니란 걸 느낄 수 있었다.

인도의 매력에 빠지다

창문 없는 숙소에서 일찍이 잠자리에 들었는데 아침 9시에야 눈이 떠졌다. 이란에서 아랍에미리트를 거쳐 인도까지. 몸이 많이 피로했는지 12시간 동안 잤던 것이다. 샤워하고 아침밥을 먹으러 역 근처로 향했다. 카레를 파는 가게에 들어갔는데 외국인이 들어와 비싼 요리를 시키는 줄 알았는지 가장 저렴한 계란 카레를 주문하니 주인장 표정이 어두워진다. 그러든 말든 상관하지 않고 열심히 카레를 흡입하는 형님과 나. 인도 카레의 첫맛은 살짝 매운 느낌이지만 한국 카레와는 다른 뭔가 모를 묘한 중독성이 있다. 아침을 든든히 먹고 후식으로는 역시 '라씨Lassi' 한잔이다. 인도의 명물 중 하나로 걸쭉한 요구르트인 다히Dahi에 얼음과 설탕을 함께 갈아 시원하게 마시는 인도의 전통 음료다. 여기에 바나나를 함께 갈아 마시면 맛은 물론이요, 마시자마자 위에서부터 소장, 대장을 지나 나를 자연스럽게 화장실로 인도하신다.

인도에서 카레를 먹고 라씨를 마시며 팔뚝에는 헤나를 하고, 능청스럽게 길 한복판을 차지하고 앉아 있는 소를 자연스럽게 피하는 나의 모습. 여유롭게 델리를 누비면서 인도의 매력에 빠져간다. 쓰레기통이 없는 길에 자연스럽게 쓰레기를 투척하고 항상 값비싸게 말하는 상인들과 말다툼을 하며 가격을 깎고 그들과 장난을 치며 귀찮게 하는 소 엉덩이를 때려 쫓아 보낸다.

나는 델리를 좀더 자세히 보기 위해 여기저기 걸어다녔다. 델리 주변에도 붉은 성Redfort이나 자마 모스크Jama mosque 등 많은 관광지가 있지만 나는 델리 사람들의 삶을 보고 싶었다. 그래서 델리의 골목길 구석구석을 돌아다녔다. 릭샤에서 낮잠을 자는 사람, 사이클 릭샤 타이어에 바람을 넣으며 정비하는 기사, 분주하게 길거리 음식을 만드는 주인, 말을 타고 시장을 누비는 소년, 바삐 지나가는 릭샤와 인파 속에서 손님을 면도하는 이발사, 길바닥이 자기 집 마냥 근심걱정 없이 낮잠 자는 사람. 한국 사람인 내가 보기에는 가진 것 없이 가난해 보이는 사람들이지만 그들의 얼굴에 치열함보다는 삶의 여유가 보였다.

다음 날은 파키스탄 비자 인터뷰를 기다리는 7일 동안 인도를 둘러보기 위해 바라나시를 가기로 했다. 형님은 바라나시를 여행했다고 이틀만 머물고 중국 비자를 위해 다시 델리로 돌아오는 왕복 기차표를 예매했고 나는 편도로 예매하고 비자 인터뷰가 있는 날까지 각자 여행하기로 했다. 그 동안 형님이 가르쳐준 배낭여행 노하우를 혼자서 느껴볼 참이다.

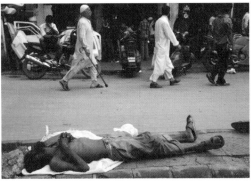

인도의 문화

　아시아 남부에 있는 나라 인도는 1857년 무굴 제국이 멸망한 후 영국의 식민지로 편입되었다가 1947년 영국의 지배를 벗어나 힌두권인 인도와 이슬람권인 파키스탄이 각각 영국연방의 자치령으로 독립하고 1950년 자치령의 지위에서 벗어났습니다. 한마디로 인도와 파키스탄은 원래 하나의 나라였죠.

　간디의 노력으로 카스트 제도가 없어지기는 하였으나 아직도 인도 문화 속에 그 잔재가 존재하여, 사회적 지위에 따라 세습적인 빈부 격차가 심한 대표적인 국가입니다. 인구의 80% 이상이 힌두교를 믿고 나머지 대부분은 이슬람교를 믿습니다.

　한국에서도 인도 여행이 마치 유행처럼 퍼지고 있습니다. 사진을 좋아하는 사람끼리 농담 삼아 말하는 사진가의 순례지인 인도의 첫인상은 더럽고 지저분하며 불쾌한 국가라고 생각할 수 있지만, 인도에서 며칠만 지내다 보면 뭔가 모를 매력에 빠져들게 되는 곳이랍니다. 인도를 거닐다 보면 길에서 방랑하는 거지들이 상당히 많습니다. 전생에 나쁜 일을 많이 하여 천한 신분으로 태어났다고 믿죠. 인도인들은 이러한 생각으로 약자를 존중하고 돕는 모습을 종종 볼 수 있습니다.

　인도의 교육은 고등교육까지만 볼 때 엘리트 위주의 교육입니다. 고졸자의 10% 이내만 대학에 진학하지만 이들은 국가의 지원을 받으며 훌륭한 교육을 받습니다. 반면 문맹인 국민이 어느 나라보다 많습니다. 인도 엘리트들의 세계적 활약은 눈부십니다. IBM 20%, NASA 30% 이상이 인도 출신이라니 놀랄 만하죠.

　마지막으로 인도인의 영화 사랑은 익히 소문이 자자한데 할리우드가 힘을 못 쓰는 세

국가가 한국, 프랑스, 인도입니다. 인도 영화의 큰 특징은 영화 중간에 뮤지컬처럼 춤과 노래가 들어간다는 것입니다. 연간 1천 편 이상의 영화가 만들어지는데 우리 나라의 10배이니 인도인의 영화 사랑을 대략 짐작할 수 있지요. 최근 한국에서도 〈세 얼간이〉, 〈내 이름은 칸〉이라는 인도 영화가 개봉될 정도로 작품성도 인정받고 있습니다.

힌두교의 성지 바라나시

바라나시로 가기 위해 예매한 2
등석 기차는 침대가 있는 칸으로
한쪽에는 3층 침대, 반대쪽에는 2
층 침대가 있고 저녁이 될 때까지
는 침대를 접어 의자로 사용한다.
화장실은 변기 아래 기차 바닥이
뚫려 있어 소변이나 대변이 그대
로 기찻길로 떨어진다. 더운 바람
을 만들어내는 선풍기보다 더 좋
은 역할을 하는 창문은 교도소마
냥 쇠창살이 붙어 있다.

창문에 관련된 이야기가 하나 있다. 많은 배낭여행자가 인도 여행 때
교통수단으로 선택하는 기차에서 피곤하다는 이유로 이동 중에 잠을 자
는데 창문 옆에 앉아 있는 여행자들은 조심해야 한다. 기차가 역에 도착
했을 때 창문을 통해 목걸이나 반지 등 귀중품을 갈취하는 놈들이 있기
때문이다. 실제로 인도에서 만난 여행자 중 목걸이를 도둑맞았단 친구가
더러 있었다.

한 의자에 3명씩 앉게 돼 있지만 3등석 사람들이 갈 곳을 잃고 찾아와

4, 5명이 앉아 움직일 틈도 없다. 그들은 어둠이 찾아오고 밤이 될 때 침대를 펴고서야 자리를 떠나는데 갈 곳 잃은 이들은 다시 앉을 곳을 찾아 헤맨다. 기찻길 옆으로는 어둠 속 작은 마을이 전깃불 하나에 의지한 채 살아가고 있었다.

연착으로 유명한 인도 기차지만 다행히 30분 늦은 아침 7시가 되어서 바라나시에 도착했다. 바라나시 역에서 메인 가트로 가기 위해 릭샤를 이용했다. 오토 릭샤를 타려면 100루피가 넘는 거금을 내야 해서 사이클 릭샤를 이용했다. 건장한 청년 두 명과 무거운 배낭 두 개를 싣고 기사 홀로 자전거를 끌더니 너무 힘을 쓴 나머지 중간에 잠시 멈춰 길가에서 변을 보고서야 다시 출발했다.

드디어 멀리서 가트가 보였다. '가트Ghat'는 '강가 혹은 갠지스에 있는 돌계단'이라는 뜻으로 갠지스 강의 층계를 뜻한다. 힌두교도들은 갠지스 강을 성스러운 강으로 숭배하기 때문에 이 강물에 목욕하면 모든 죄를 면할 수 있으며, 죽은 뒤에 이 강물에 뼛가루를 흘려보내면 극락에

갈 수 있다고 믿는다. 그래서 흔히 바라나시를 삶의 죽음과 시작, 시작과 죽음이라고 표현한다.

일단 가트 앞에서 강가를 바라보았다. 역시나 많은 인파가 강물에 몸을 담그거나 가트에 앉아 있었다. 무거운 배낭을 처리하기 위해 저렴한 숙소를 잡고 카메라만 들고 혼자 가트로 향했다. 사진으로 많이 봐왔던 바라나시는 처음 상상했던 것보다 많이 달랐다.

인도 여행을 했던 사진가들이 담은 바라나시의 모습은 종교와 삶 그리고 죽음의 메시지가 담겨 있어 다소 경건한 분위기라 생각했지만 가트 주변에서 뛰어놀거나 강가에서 친구들과 헤엄치며 물놀이하는 사람들도 많았다.

시작과 죽음이 공존하는 강가지만 강가는 그들의 삶터이자 놀이터이기도 하다.

남는 건 사진만이 아니다!
기록하라, 다이어리

관광지에 들러 정신없이 사진만 찍고 서둘러 다음 장소로 이동하시나요? 여행지의 역사나 숨은 내용은 상관없이, 요즘 말하는 '인증 샷'을 가장 중요하게 생각하기 때문이라 생각합니다. 여행을 하노라면 내면에 숨겨두었던 자신을 발견하곤 하죠.

평상시 일기를 자주 쓰시나요? 저는 군대에서 습관처럼 쓰던 일기를 전역하고서도 계속 쓰고 있습니다. 평상시엔 안 쓰더라도 여행을 하는 동안엔 일기를 쓰는 게 어떨까요? 여행하면서 알게 된 역사적 사실과 자신이 주관적으로 느낀 점 그리고 가장 중요한 것은 여행하면서 또 다른 시선으로 바라보게 되는 나에 대해서 쓰는 겁니다. 매일 일기를 쓰다 보면 가끔은 잊고 살았던 부분이나 스스로 몰랐던 자신을 찾을 기회가 되기도 합니다. 또한, 저는 일기를 통해 앞으로의 꿈과 계획을 설계하기도 했습니다.

여행하기 전 여행 가이드북만 찾지 마시고 자신을 알아갈 수 있는 다이어리 하나쯤 챙겨 가는 것도 좋다고 봅니다.

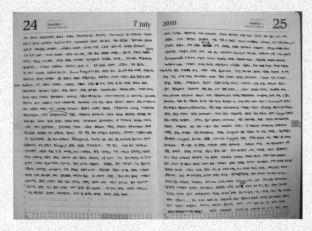

길에서 나에게 물어보다

7월 25일.

정말 일어나지 말았으면 했던 아니, 일어나선 안 될 일이 벌어졌다.

13시간 동안 기차를 타고 바라나시에 도착하자마자 카메라를 들고 가트로 나가 돌아다니다 오니 엄청 피곤했다. 숙소로 돌아와 낮잠을 자는 형님 옆에 누워 잠이 들었다. 어느 정도 시간이 흘렀을까? 내가 잠든 사이 형님은 밖에 나갔다가 급하게 숙소로 돌아와 나를 깨웠다.

"준오야, 너희 누나가 내게 메일을 보냈어."

서둘러 메일을 확인하라는 형님의 말을 듣자 순간적으로 안 좋은 느낌이 들었다. 자리를 박차고 일어나 서둘러 이메일을 확인해야 했지만 무거운 몸을 일으킨 채 한참을 침대에 멍하니 앉아 있었다.

이란 마슈하드에서 형님과 집안 이야기를 나누었고 몸이 편찮으신 아버지 이야기를 했었다. 형님의 이메일 주소도 가르쳐주지 않았는데 수소문해서 누나가 메일을 보냈단 말은 그만큼 급한 일이 생겼단 이야기다. 하지만 눈을 찌르고 후벼파서라도 이메일을 읽고 싶지 않았다.

역시나 예상했던 최악의 상황이었다.

아버지는 내가 고등학교 다닐 때 폐암 초기 판정을 받으셨다. 다행히 수술을 받고 회복하셨지만 21살, 군대 100일 휴가를 나와서 재발하셨다는 이야기를 들었다. 그리고 휴가를 나올 때마다 아버지의 상태가 좋지 않다는 걸 육안으로 알 수 있었다. 공무원 시험을 준비하던 누나와 몸이 편찮으신 아버지 그리고 병간호 때문에 하시던 포장마차 일을 그만두신 엄마……

　예전부터 계획했던 영국 어학연수를 위해 학원 강사를 하며 벌었던 돈을 100일 휴가를 나왔을 때 집에다 드렸다. 전역하고 다시 1년 동안 하루에 4가지 일을 하며 악착같이 돈을 모았다. 1년 동안 포항에서 일하며 아버지와 함께 지냈다. 흔히 말하는 전형적인 경상도 남자인 아버지는 하루에 아들과 대화 두 마디면 많이 했던 날이라고 해도 과언이 아니었다. 하지만 셀 수 없을 만큼 많은 항암 치료와 시한부 선고를 한참 넘긴 아버지는 더 이상 예전에 내가 알던 커다란 산이 아니셨다. 가끔 엄마와 누나도 몰라볼 정도였지만 아들 이름을 끝까지 기억하던 아버지. 그런 아버지가 못내 밉기도 했고 화도 났으며 미안했고 고마웠다. 학창시절 때는 다가갈 수 없는 높은 산처럼 무서웠던 아버지란 존재가 시간이 지나면서 조금이나마 이해되었다.
　다행인 건 그 동안 누나가 공무원이 되었다. 그렇게 전역 후 1년이 지나 이기적일 순 있지만, 나는 영국으로 향했다.
　"30대 중반까지 내가 뭔가 이뤄내지 못한다면 조용히 고향에서 평범하게 살겠습니다."
　이 말만 남긴 채……
　힘들지만 이겨내야 한다.

　인터넷 카페에서 메일을 확인하고 바로 여행사로 향했다. 한국으로 최대한 빨리 갈 방법을 찾기 위해서였다. 하지만 상황이 좋지 않았다. 내가 있던 곳은 인도의 수도 델리와 기차로 13시간 떨어진 바라나시였고 여권은 파키스탄 대사관에 있었으며 업무를 보지 않는 일요일이었다. 27일

즉, 삼일장 안에 절대 도착할 수 없는 상황이었다. 이런 상황에 화가 났다. 아니 이런 무능력함에 스스로 분했다.

금세 날이 어두워졌고 이번엔 전화방으로 향했다. 다시 누나에게 전화했다. 지금의 상황을 이야기하자 누나는 어찌할지 몰라 공황상태였다. 엄마와 통화했다. 그리고 벌써 도착해서 내가 없는 자리를 채워준 '불알친구'들과 통화를 했다. 마지막으로 다시 엄마와 통화를 했다.

"준오야…… 3일 안에 올 수 없으면 네가 지금 하고 있는 일 잘 마무리하고 돌아온나."

미친 듯이 튀어나오려는 눈물을 꾹꾹 참아가며 대답했다. 마치 엄마의 이 대답을 기다렸다는 듯이.

"응……"

전화를 끊고 다시금 오랫동안 눈물샘에 힘을 주었다. 자리에서 일어나 혼자서 바라나시의 가트 주위를 맴돌았다. 삶과 죽음의 갠지스. 좀 전에 봤던 바라나시의 가트와 지금 보는 가트가 왜 이리 다르게 보이는 걸까? 가트 어귀에 앉아 정신 놓은 사람마냥 다음 날 새벽까지 강가를 바라보았다. 중학교 이후로 눈물을 흘려본 적이 없다. 그래서 더욱 눈물을 흘리지 않았다. 언젠가 아버지를 찾아가 울겠노라고.

다음 날 예정대로 형님이 먼저 바라나시를 떠났다. 나를 두고 가는 게 걱정이 되어 같이 있겠다고 했지만, 그냥 혼자 있고 싶다고 했다. 모든 짐을 숙소에 두고 다시 정신 놓은 사람처럼 가트로 향했다. 주위 사람들 신경 쓰지 않고 아침부터 저녁까지, 그리고 새벽까지 강가를 멍하니 바라보며 걷기도 하고 앉기도 했으며 눕기도 했다.

이 여행을 통해 많은 것을 느끼고 있는 건 확실하다. 하지만 잃은 것도 많다. 이 여행이 내가 생각하고 있는 고민을 해결해줄 수는 없을지언정 내가 살아가면서 겪을 아픔을 이겨내는 데는 확실히 도움이 될 것 같다.

똘끼, 50cc 스쿠터로 유라시아를 횡단하다

라호르에서 파키스탄을 보다

바라나시에서 5일을 보내고 다시 델리로 가서 형님을 만났다. 다음 날 파키스탄 비자 인터뷰를 했고 바로 파키스탄 비자가 붙은 여권을 받았다. 더는 인도에 있을 이유가 없어 파키스탄으로 향했다. 시크교의 성지인 인도 암리차르를 지나 파키스탄 라호르까지 가는 데 하루가 걸렸다. 델리에서 암리차르까지 버스를 타고 갔는데 도착해서 얼굴을 비비니 손에 검은 먼지가 묻어났다. 8시간 동안 달려온 길을 상상하기에 충분했다. 암리차르에서 가장 유명한 황금사원을 잠시 둘러보고 다시 버스를 타고 국경으로 향했다.

 국경에서 라호르까지 스즈키를 타고 이동했다. 파키스탄에서는 오토
릭샤를 스즈키라고 부른다.

 드디어 그토록 골탕먹이던 파키스탄에 도착했다. 하지만 마음의 여유
가 없었다. 내 마음에 더해 파키스탄 정세도 좋지 않기 때문이다. 라호
르에 도착하자마자 가장 저렴한 숙소를 찾았고 그곳에 머물고 있는 여행
자들과 파키스탄에 대해 이야기를 하는데 80년 만에 찾아온 파키스탄의
대홍수로 카라코람 하이웨이가 잠기고 무너져서 중국으로 이동할 수 없
다는 것이었다. 심지어 카라코람 하이웨이를 지나려다 중도 포기하고 다
시 라호르로 돌아와 지나왔던 인도로 돌아가려는 여행자도 있었다.

 내가 받았던 인도 비자는 싱글 비자였기에 이제는 돌아갈 곳도 없다.
무조건 지나간다는 생각뿐이었다. 길이 무너졌으면 길을 만들어서 가고
길이 잠겨 있으면 헤엄쳐서라도 지나간다는 배수진을 친 상태였다. 그래
서 배를 든든히 채우기로 했다. 국경에서 환전한 소량의 파키스탄 루피
로는 부족했기에 ATM기로 향했다.

 파키스탄 사람들의 복장은 남자는 축 늘어진 도티와 펄렁거리는 셔츠
를 입고 여자들은 사리를 걸치고 있었다. 대중매체에서 항상 테러 사건

이 보도되던 이미지와는 달리 영국 은행과 상점들이 눈에 많이 띄었다. 위험한 국가라기보다 오히려 인도보다 부유한 국가로 보였다. 그리고 사람들의 표정이 밝아 보였다. 이것은 특히 라호르에서 머물 당시에 만난 사자드라는 친구를 통해 라호르를 바라본 나의 주관적인 생각이다.

영국 은행인 바클레이스 은행에 도착해 국제카드를 넣고 출금하려는데 기계가 멈췄다. 파키스탄에는 모든 공공기관이나 은행에 경비원이 있는데 카드를 빼내려면 전문가가 와야 한다며 월요일까지 기다리라고 한다. ATM기가 멈춘 날은 금요일 저녁이었다. 다음 날 파키스탄 수도인 이슬라마바드로 가려 했는데 일이 꼬여버렸다.

다음 날 형님과 이별을 하기로 했다. 사실 함께 여행하면서 언젠가 서로 헤어지기로 되어 있었다. 형님을 통해 어느 정도 배낭여행의 노하우를 배웠기 때문에 지금이 적당한 시기라고 서로 말하지 않았지만 알고 있었던 것이다. 스쿠터와 헤어지고 배낭여행을 시작했다. 이번엔 형님과 헤어지고 혼자만의 배낭여행이다.

Tip

국제현금카드

타국을 여행하면 경비를 달러로 들고 다니거나 여행자수표, 국제현금카드 등을 이용하는데, 분실의 우려가 있기 때문에 요즘은 국제현금카드를 많이 이용하는 추세입니다. 하지만 은행마다 국제현금카드의 환율 적용과 출금 수수료가 다르므로 잘 따져보고 자신에게 맞는 은행을 선택하는 것이 좋습니다. 또한, 여행 중 카드를 분실하거나 예상치 못한 사고로 카드가 훼손될 경우를 대비해 비상용으로 한 통장에 같은 카드 2개를 발급받는 것을 추천합니다. 혹시나 여행 중에 국제카드를 잃어버렸다면 전화나 인터넷상으로 분실신고를 하고 같은 통장의 카드지만 고유번호가 다른 예비 카드를 사용하면 됩니다.

국경을 통과할 때 은행이나 ATM기를 찾기 전에 사용할 예비 경비로 어느 나라에서나 환전할 수 있는 달러나 유로를 조금 챙겨가는 방법도 유용합니다. 굳이 국제현금카드만 사용하는 것보다 상황에 맞게 계획한다면 더욱 안전한 여행이 되겠지요.

더 이상 길이 없습니다

라호르에 도착해 이틀을 숙소에서 보내고 둘째 날 라호르에서 만난 사자드의 집에 초대를 받았다. 그곳에서 월요일까지 머물기로 했다. 사자드의 집은 라호르의 빈민가에 있어 릭샤를 끌고 가던 기사에게 위험한 곳이니 조심하라는 당부까지 들었다. 왕복 8차선의 큰 도로를 중심으로 오른쪽에는 절대 마셔서도 씻어서도 안 될 만큼 악취가 코를 찌르는 호수가 있었다. 그 옆으로 판자촌과 천막을 치고 살아가는 사람들이 보였고 도로 왼쪽으로는 흙으로 빚어 벽을 만들고 슬레이트로 지붕을 덮어 그나마 집으로 보이는 건물들이 늘어서 있었다. 한마디로 빈민촌임에도 도로를 중심으로 빈부격차가 있는 마을이었다. 그나마 사자드는 흙으로 빚은 집에서 살고 있었다.

그와 함께 했던 경험 중 가장 인상 깊었던 기억은 마을에 있는 수영장을 갔던 경험이었다. 더위하는 나를 보고 근처에 수영장이 있다며 사자드가 자신의 오토바이로 데리고 갔는데 그곳엔 전부 남자뿐이었다. 파키스탄도 이슬람 문화로, 여자들은 얼굴을 제외한 모든 신체를 가리고 다니기 때문에 수영장은 당연히 출입 금지다.

수영장에서 뛰어놀던 아이들은 외국인을 처음 보는지 내가 한류 스타라도 되는 양 수영도 포기하고 나를 좀더 가까이에서 보기 위해 자리다툼이 치열했다. 그것을 보디가드처럼 나뭇가지로 제지하는 수영장 주인 어르신과 그래도 가까이 다가오는 아이들로 정신이 없었다. 당연히 수영장에 들어갈 엄두도 나지 않았다.

그렇게 사자드의 배려 속에 월요일이 다가왔고 은행 문 여는 시간에 맞춰 3일 동안 ATM 속에 숨어 있던 카드를 돌려받았다. 그렇게 사자드와 이별을 고하고 바로 이슬라마바드로 향했다.

나는 어떤 방법을 쓰더라도 카라코람 하이웨이를 지나 중국으로 가야 했다. 사자드나 숙소의 여행자들은 내가 일주일 안에 포기하고 라호르로 돌아올 거라 했다. 나는 일주일이 지나도 라호르에 보이지 않을 거라 했고 일주일이 지나도 보이지 않는다면 그땐 내가 카라코람 하이웨이를 지나는 중이거나 이미 지나서 중국에 도착했다는 뜻이라고 말했다. 이 때문에 라호르에 머물던 여행자들끼리 내기까지 오갔었다.

이슬라마바드에 도착하자마자 카라코람 하이웨이로 향하는 터미널로 향했고 표를 사기 위해 직원과 이야기했다. 하지만 예상대로 직원은 "더 이상 길이 없습니다."라고 대답했다. 홍수 탓에 도로가 끊겼거나 잠겨서 지금은 버스가 운행되지 않는다고 했다. 다른 방법을 찾아야 했다.

1시간 이상의 수소문 끝에 개인 지프차나 소형 버스로 도로가 끊긴 지점까지는 운행하지만 어디까지 갈지 장담하지 못한다는 말을 들었다. 그리고 또 다른 여행 동반자를 그것도 세 번이나 우연히 만나게 되었다. 이름이 레이지인 그는 일본에서 왔다. 인도에서 파키스탄 비자 인터뷰 때 처음 보았고, 라호르에서 둘째 날 같은 숙소에 묵게 되어 두 번째로 만났으며, 이곳 이슬라마바드 터미널에서 또다시 만나게 된 것이다. 레이지는 나에게 함께 여행하자고 제안을 했고 나는 흔쾌히 승낙했다.

어찌 되든 간에 중국으로 갈 수 있을 만큼 최대한 갈 거라는 내 말에 잠시 고민하던 레이지도 값비싼 지프는 포기하고 소형 버스에 함께 몸을 실었다. 이때까진 그저 '카라코람 하이웨이가 험하면 얼마나 험할까?' 라고 만만하게 생각했었다.

80년 만의 대홍수,
죽어도 이 길을 지나가야만 해!

이슬라마바드에서 소형 버스를 타고 휴게소를 두 번이나 들를 정도로 오랜 여정이었다. 세계에서도 장신 축에 속한다고 자부하는 나로서는 장시간 좁은 의자에 쪼그리고 앉아 버티기란 엄청난 곤욕이었다. 새벽 4시가 되어서야 베샴이라는 마을에서 첫 번째 블록block을 만났다. 현지에서는 홍수 때문에 도로가 물에 잠겼거나 끊어진 부분을 블록이라 불렀다. 걸어서 블록을 넘어가면 다른 차량으로 갈아탈 수 있었다. 그곳에서 적당한 차비를 내고 봉고차로 다음 블록까지 타고 가는 방식이었다.

첫 번째 블록부터 앞으로의 여정을 가늠하기에 충분했다. 강물은 아직도 뭐든 집어삼킬 듯 거세게 흐르고 있었다. 그 위로 다리가 놓여 있었는데 물살로 말미암아 끊어진 것이다. 임시방편으로 나무판자를 설치해 놓았는데 사람 한 명이 겨우 지나갈 수준이었다. 무거운 배낭을 짊어지고 균형을 맞추며 걷기엔 상당한 집중력이 필요했다. 자칫 균형을 잃기라도 한다면 그대로 강물에 빠지기 때문에 생사가 걸려 있었다. 그렇게 베샴에서 파탄Pattan까지 여섯 번의 봉고차를 갈아타고서야 도착했다.

첫 번째 블록을 지나자 새벽의 카라코람 하이웨이를 만날 수 있었다. 산기슭을 타고 올라가는 구름에 넋을 잃었다. 그 경관은 어떤 말과 감탄사로도 표현할 수가 없었다. 마치 터키의 카파도키아를 처음 보았을 때와 비슷한 충격이었다. 역시나 지금까지의 고생을 충분히 상쇄시켜줄 만한 풍경이었다.

왕복 2차선의 카라코람 하이웨이는 잦은 산사태로 교통이 불편할 뿐더러 매우 위험했다. 산사태 탓에 요령껏 피해 가야 하지만 반대쪽으로는 가드레일도 없는 1,000m 이상의 낭떠러지가 펼쳐져 있다. 산사태가 심하면 어쩔 수 없이 봉고차에서 내려 걸어서 넘어야 했다. 하지만 이건 약과에 불과했다. 파탄에 거의 도착할 무렵 대략 200m의 다리가 부러져 있었다. 현지인들은 임시방편으로 밧줄을 이용해 사과 상자를 타고 이동했다. 모든 것은 수동이었다. 최대 정원 2명이 사과 상자에 올라타면 사람들이 힘을 합쳐 사과 상자가 연결된 밧줄을 당겼다. 당연히 나도 길을 건너기 위해서 사과 상자에 목숨을 의지했었다. 그저 웃음이 나올 뿐이다. 그래도 이런 힘든 과정들이 여행하는 데 잊지 못할 추억임이 분명했다. 사고만 나지 않는다면.

파탄에서 오늘의 최종 목적지인 길깃Gilgit까지는 다행히 심각한 블록이 없었기에 봉고차를 타고 한 번에 갈 수 있었다. 블록을 지나가면서 계속 지급해야 하는 소량의 돈마저 아깝기 시작했다. 레이지와 나는 기사에게 버스 지붕에 올라가겠다고 했더니 100파키스탄 루피를 받던 차비를 50파키스탄 루피로 깎아줬다. 가뜩이나 비좁은 좌석 때문에 다리가 불편하고, 창문 쪽에 앉지 못하면 카라코람의 광활한 경치를 제대로 보지 못했기에 다리를 쭉 펴고 누워서 갈 수 있는 지붕이 훨씬 좋았다. 이때부터 카라코람 하이웨이를 지나가는 내내 지붕은 레이지와 내가 차지했다.

해가 뜨기 전까지 카라코람 하이웨이는 운무 덕분에 아름답고 멋진 새벽의 장관이 극에 달했다면, 해가 중천에 떠 있는 오후에는 강하게 내리쬐는 햇볕과 간간이 반대편으로 지나가는 버스가 일으키는 모래바람으로 괴롭기도 했다. 하지만 아름다운 경치 덕분에 충분히 참을 만했다.

똘끼, 50cc 스쿠터로 유라시아를 횡단하다

저녁이 되어서야 길깃 근처에 도착했다. 숙소까지는 택시를 타야 하는 거리였다. 왜 길깃까지 태워주지 않느냐고 기사에게 따졌지만 결국 미리 돈 받은 놈은 아쉬울 게 없었다. 함께 봉고차를 탔던 사람들이 짝을 지어서 택시를 탔고 마지막까지 남은 사람은 파키스탄인 2명과 레이지 그리고 나. 먼저 다가와 함께 택시를 타자고 권유했지만, 그들은 현금이 얼마 없다면서 우리보고 택시비를 내라고 했다. 당연히 거절했다. 이유는 아까 봉고차 기사와 말싸움을 하면서 그에게 돈이 있는 걸 보았기 때문이었다.

결국, 레이지와 나는 걸어가기로 했고 그들도 우리를 따라 걸었다. 20kg이 넘는 배낭을 메고 걸으면 10분도 채 안 되어 피로가 쌓인다. 그러던 중 어깨를 펴고 하늘을 보다가 레이지에게 소리를 질렀다.

"Oh my GOD! Reiji look at the sky!(맙소사! 레이지 하늘 좀 봐!)"

"Oh…… my GOD!!!!!"

소년, 처음으로 은하수를 보았다. 하늘에는 빈틈없이 빼곡하게 별들이 반짝이고 있으며 푸른색과 하얀색의 선명한 은하수가 밤하늘에 그려져 있었다. 대도시에서는 절대 볼 수 없는 은하수를 파키스탄 카라코람 하이웨이에서 처음 보았다. 군대에서 보았던 밤하늘이나 스쿠터 전국 일주를 했을 때 보았던 밤하늘과는 비교도 안 될 만큼 많은 별이었다. 아마 평생 이런 밤하늘은 보지 못할 것이다. 그렇게 밤하늘을 친구 삼아 걸어서 길깃에 도착했고 파키스탄 군인들의 도움으로 군용차를 타고 숙소에 도착했다. 숙소까지 태워준 군인은 전날 길깃에서 총격전으로 한 명이 죽었으니까 저녁에는 될 수 있는 대로 돌아다니지 말라고 충고했다.

kwon
ggobugi

Tip

'권 총무'의 여행 경비

여행을 마치고 한국에서 받았던 많은 질문 중에 당연히 여행 경비에 대한 것이 많았습니다. 영국에서 한국까지 약 20,000km를 100일 동안 지나오면서 제가 사용한 돈은 생각보다 많지 않습니다. 물론 사람들이 생각하는 기준에 따라 다르겠지만 제가 유라시아 횡단을 준비하면서 사용했던 자금과 여행 중 사용한 총 금액이 정확히 3,720,070원입니다. 물론 최대한 아끼면서 여행했기 때문에 가능했다고 봅니다. 사실 스폰서의 후원을 받은데다 네티즌의 도움으로 실제로 사비는 포함되지 않았습니다.

흔히 여행하려는 의지와 열정은 불타오르지만, 경비가 없어서 하지 못한다는 청년들이 많은데 지금도 사비를 들이지 않고 기업이나 국가에서 후원을 받고 여행을 하는 친구들이 많습니다. 조금만 생각의 전환을 하더라도 이처럼 좋은 경험을 할 수 있다고 봅니다. 물론 스폰서를 받기로 했다면 책임감 있게 그에 맞는 행동을 해야겠죠?

			여행중 총 지출액	2910070.4
	스폰서		기타 지출	
	regency		그린카드(2달)	500000
	렛츠유학	2100000	스쿠터 가방	100000
ETC	HJC		이란-인도 비행기	210000
	훈이 형	100000		
	네티즌	1570000		
TOTAL	수입	3882650	지출	3720070

삶과 죽음의 로드 카라코람 하이웨이

다음 목적지는 카리마바드 Karimabad의 훈자Hunza다. 길깃은 트레킹으로 유명한 도시였지만 당시 트레킹에는 관심이 없었기 때문에 바로 훈자로 이동하기로 했다. 길깃의 숙소 여행자들은 최근 이슬라마바드에서 길깃까지 육로로 올라온 사람이 없었기에 레이지와 내가 나타나자 다들 놀랐다. 숙소에 머물고 있는 여행자의 대부분이 이슬라마바드로 내려갈 예정이었지만 도로 사정으로 포기하고 장기간 머물러 있는 사람들이었다. 정부에서 비상 대책으로 마련한 헬기를 이용해 길깃에서 이슬라마바드까지 내려갈 수는 있지만 대기자 명단이 100명이 넘었다.

그들은 우리가 지나온 길의

사진을 보면서 도전해볼 만하다며 출발할 날짜를 정하고 짐을 꾸렸고 나는 중국으로 올라가는 길의 상태를 물었다. 지금까지보다 더 큰 문제는 없겠지만 훈자를 지나서 홍수로 생긴 커다란 호수가 있는데 국가에서 마련한 모터보트를 타려면 오랜 시간 기다려야 할 거라고 말했다.

레이지와 나도 간단히 아침을 먹고 서둘러 짐을 꾸려 버스터미널로 향했다. 역시나 레이지와 나는 봉고차의 지붕에 올라탔고 그 동안 햇볕에 많이 노출되었던 피부가 구릿빛으로 변해 있었다.

길깃에서 카리마바드까지는 블록이 하나뿐이었다. 뜨거운 8월의 여름이었지만 카리마바드에 가까워질수록 산에는 만년설이 보이면서 추위가 느껴지기 시작했다.

카라코람 하이웨이에서도 해발 2,000m 이상은 거뜬히 넘는 지역에 들어온 것이다. 역시나 카라코람 하이웨이는 '고속도로highway'라는 뜻의 하이웨이가 아니라 '높은 길high way'이란 뜻이라는 걸 봉고차 지붕에서 직접 체험하는 중이었다.

해가 뉘엿뉘엿 넘어가려 할 때 드디어 하얀 설산 위로 붉게 물들어 가는 훈자가 보였다. 인간이 만든 기적의 풍경이라는 훈자는 네이버캐스트에 소개되어 한국에 이름을 알렸지만 사실 세계 여행자들 사이에서 지상 낙원 중 한 곳으로 예전부터 알려져 있었다. 해발 2,500m에 살구나무들 사이로 이어지는 계단식 수로와 365일 설산이 보이는 신비한 장수마을이다. 나 또한 유라시아 횡단 중 가장 기대했던 장소였다.

저녁 늦게 훈자에 도착해 훈자에서 가장 저렴한 숙소를 잡아 일단 허기진 배를 채웠다. 역시 최근 한국에서 퍼지고 있는 훈자에 대한 이야기 때문인지 나를 포함해 한국인 5명이 머물고 있다는 정보를 들었다. 더욱 놀라운 건 며칠 전 훈자에서 거주하는 한국 여자와 훈자에서 자란 남자가 결혼식을 했다는 소식이었다. 한국 출신의 여성분은 훈자에 여행 와서 그 매력에 빠져 이곳에 정착했다는데 현지인들에게 여러 가지 교육

　뚤끼, 50cc 스쿠터로 유라시아를 횡단하다

봉사를 계획 중이라고 했다. 전기가 자주 끊겨 저녁에는 촛불로 생활하며 설산의 눈이 녹아 흐르는 수로의 흙탕물을 씻고 마시는 데 사용한다. 처음에는 희뿌연 물을 마시기가 꺼려졌지만 다른 물이 없는 마을에서 어쩌겠는가? 살고자 한다면 마시는 방법뿐! 그나저나 카라코람의 밤하늘은 정말 아름답다.

전기가 끊겨서 일찍 잠자리에 들어서일까? 아침 6시에 일어나 흙탕물로 간단하게 샤워를 하고 훈자를 걷기로 했다. 스쳐 지나가는 옅은 구름을 상쾌하게 마시면서 아침의 훈자를 느껴본다. 아직 문이 닫힌 상점들 가운데 벌써 문을 열고 분주하게 움직이는 상점 하나를 발견했다. 상점의 아저씨는 이곳 훈자에서 태어나 자랐으며 40대가 되어서도 훈자를 지키고 있었다. 최근 여행자들의 방문이 많아서 좋지만 훈자에 투자하고 개발하는 모습을 볼 때마다 훈자 그 본연의 모습을 잃고 있는 것 같아 걱정된다는 아저씨. 그는 정말 훈자를 아끼고 사랑하는 사람이었다.

한 시간쯤 대화를 나누다가 다시 훈자를 둘러보았다. 아저씨의 말이

맞았다. 욕심 없는 사람들의 지상낙원이라는 훈자는 내 기대와는 다르게 더 이상 지상낙원이 아니었다. 곳곳에 게스트하우스나 트레킹 상점들이 들어서고 있었다. 즉, 여행자들을 위한 마을로 탈바꿈하고 있었다. 살구나무와 장수마을로 유명한 훈자는 본래 살구를 팔아서 생계를 유지했지만, 여행자들의 잦은 방문에 자본이 마을로 들어와 이제는 관광지로 변모하고 있었다. 아무런 근심걱정 없이 사는 때묻지 않은 훈자를 보고자 열망했지만, 이 작은 마을에도 서서히 개발이 시작된 것이다. 그렇게 실망 아닌 실망의 아침 산책을 마치고 숙소로 돌아와 레이지에게 다음 날 출발하자고 했다.

그래도 오후에는 한국 사람들이 모여 홍수로 미처 수확하지 못한 살구를 따 먹고 살구씨를 기름으로 사용한다며 모으기도 했다.

다음 날 아침 일찍 일어나 파키스탄 국경인 소스트Sost로 이동했다. 중국에서 파키스탄으로 넘어온 여행자들에게 큰 호수가 있다는 말을 들었기에 서둘러 출발했다. 훈자에서 1시간 정도 이동하니 큰 호수가 보였다. 원래는 길이었지만 홍수 탓에 생겨난 호수라는 말이 믿기지 않을 정도로 엄청난 규모였다. 훈자에서 만난 일본 친구 쉥이 먼저 와서 기다리고 있었다. 파키스탄 정부에서 마련한 보트를 타기 위해 나와 레이지도 대기 리스트에 이름을 올렸다. 이때부터 쉥도 함께 파키스탄 국경을 넘기로 했다. 그는 세계 일주 여행을 하는 중으로 일본에서 출발한 지 2년이 지난 여행 베테랑이었다. 인도에서 6개월간 배운 젬베(Jembe, 아프리카 전통 타악기)를 항상 들고 다니는 그는 자유로운 영혼처럼 보였다.

비교적 빠른 한 시간 뒤에 보트에 올라탈 수 있었는데 엄청난 사람들이 대기자 리스트에 상관없이 올라타는 바람에 구명조끼를 입지 못한 사람들도 많았다. 다행히 보트에 일찍 올라타 자리에 앉아 갔지만 잠겨버린 마을과 수를 셀 수 없는 많은 사망자들이 호수 아래 있다는 생각에 자연의 무서움을 느꼈다. 호수를 두렵게 느끼게 한 또 하나의 이유는 훈자

에서 만난 한국 누나가 들려준 이야기 때문이다. 중국을 넘어 파키스탄 굴밋에 있을 때 비가 내리기 시작했단다. 누나가 굴밋에서 머문 숙소에서 3층 방을 얻었는데 다음 날 2층까지 잠겨 버렸다고. 두려움에 바로 훈자로 향했지만, 호수를 넘기 위해 탔던 보트의 어린 뱃사공이 호수 중간에서 누나와 눈이 마주치자 미소를 짓더니 그대로 호수에 빠져 자살해 버렸다는 것이다. 홍수 당시 많은 사람들이 물에 빠져 익사했는데 그 어린 뱃사공의 부모도 아이를 살리려다 거친 물살에 휩쓸려 영원히 자취를 감춰버리고 말았단다.

보트를 타고 30분을 지나야 건널 수 있는 호수를 지나오면서 보니 곳곳에 건물과 나무의 윗가지만 수면 위로 남아 있고 나머지는 모두 잠겨 있었다. 홍수 당시의 처참한 상황을 상상하기에 충분했다.

유라시아 횡단 마지막 여행지 중국

파키스탄 국경 도시 소스트에 캄캄한 어둠이 깔리고서야 도착했다. 숙소를 잡자마자 바로 중국으로 가는 표를 예매했는데 그 뒤로 기억이 나지 않는다. 어찌나 피곤했는지 기절히다시피 잠들었다.

다음 날 아침 일찍 출발하는 버스라서 일어나자마자 아침을 해결하고 버스를 타려는데 전날 밤 비가 와서 버스 운행은 안 되고 대신 지프차를 운행하기로 했단다. 지정해준 지프차에 배낭을 싣고 중국으로 향했다. 중국은 유라시아 횡단 마지막 여행지이자 한국과는 불과 한 시간 시차를 두고 있는 나라이다. 영국에서부터 9시간 시차를 두고 출발했던 내가 드디어 한국과 한 시간 차이의 국가까지 오게 된 것이다.

출발한 지 10분이 지났다. 비포장도로를 거칠게 달리는 지프차가 이상했다. 기사가 파키스탄 말로 얘기하는데 알아듣지 못했지만 운전하는 것으로 직감할 수 있었다. 브레이크가 고장났다! 창문 앞으로는 내리막길이 시작되었다. 나와 레이지, 셍 그리고 함께 탑승한 모두가 자기 나라 언어로 알아듣지 못할 말을 내뱉었지만 쉽게 짐작할 수 있었다. 아마 한국말로 '젠장!' 이란 의미였을 것이다. 운전기사는 액셀을 밟지 않고 최대한 안전하게 주행했다. 내리막길을 무사히 지나자 눈앞에는 급커브길 옆으로 절벽이 보였다. 내리막길로 추진력이 붙은 지프차가 매섭게 달렸고 기사는 순식간에 핸들을 꺾어 차를 돌려세우려 애썼다.

요란한 소리와 함께 몸이 쏠리며 차가 멈추었다. 질끈 감은 눈을 떠보니 다행히 살아 있긴 한가 보다. 차에서 내리려고 서둘러 문을 여는데 절벽에 간신히 붙어 있는 타이어에 기겁하고서 반대편으로 내렸다. 모두가 기사에게 온갖 욕을 퍼부었지만 결국 다시 되돌아가는 수밖에 없었다. 차를 돌려 천천히 소스트에 도착한 후 수리를 마치고서야 다시 출발했다. 긴장한 탓인지 한숨도 자지 못하고 중국에 도착했다.

파키스탄과 중국의 국경인 '쿤제랍 패스Khunjerab Pass'는 해발 4,693m에 이르는 세계에서 가장 높은 국경이다. 카라코람 하이웨이를 시작으로 쿤제랍 패스까지 다양한 동식물이 살고 있어 쿤제랍 국립공원으로 관리하고 있다. 카라코람의 하이라이트인 쿤제랍 패스는 중국 국경으로 가는 내내 눈을 즐겁게 했다. 처음에는 높다란 산맥을 올라가더니 이내 펼쳐지는 넓은 대지에는 한여름임에도 곳곳에 눈을 볼 수 있었다. 생물이 살지 않을 거란 생각과는 달리 한 번도 보지 못한 식물과 동물이 즐비했다. 그 중 얼굴이 붉은 원숭이로 보이는 동물을 가장 많이 보았다.

드디어 파키스탄을 넘어 한국으로 가기 위한 마지막 국가인 중국에 도착했다. 오랜 이동으로 굶주린 데다가 여름임에도 높은 고도 탓에 추위가 느껴져 쿤제랍 패스를 서둘러 빠져나가고 싶었다. 중국 국경 사무소에서 비자 검사를 받고 가지고 온 배낭까지 검사를 받는데 쉥이 오랜 이동으로 신경이 날카로운지 중국 군인에게 비협조적으로 반응한 것이 화근이 되었다. 아까부터 앉아서 지켜보던 군인이 다가와 직접 쉥의 배낭을 확인하는데 노트북과 카메라를 확인하고 탁자에 던져버리자 쉥이 흥분하기 시작했고 몸싸움까지 벌어졌다. 결국, 쉥은 사무실 안으로 들어가 본격적으로 심문을 받고 일본 대사관에서까지 연락이 온 듯했다.

다행히 일이 크게 번지지 않은 것 같았다. 역시나 간접적으로나마 일본의 국제적인 위상을 조금 느낄 수 있었다. 만약 내가 이런 상황에 처했다면 한국 대사관에서는 어떤 행동을 취했을까?

우여곡절 끝에 중국 국경도시 타슈쿠르간에 도착했다. 배가 너무 고팠다. 도착하자마자 셋 다 돈이 없었기에 은행부터 들렀다. 국제카드를 넣고 현금을 찾으려는데 세 명의 카드가 모두 인출이 되지 않았다. 아마 국제카드를 읽지 못하는 지방은행이었던 것 같았다. 어쩔 도리가 없어 일단 가지고 있는 달러를 전부 모아 함께 쓰기로 했지만 100달러도 안 되었다. 다음 날 가게 되는 카슈가르는 타슈쿠르간보다 큰 도시이기에 국제카드가 되는 은행이 분명히 있을 것이다. 하지만 버스비를 알아보기에 너무 늦은 밤이었다. 버스요금을 모르니까 환전을 해도 섣불리 돈을 쓸 수 없었다.

일단 잠은 비박으로 결정하고 배고픔에 서성이고 있던 중에 레스토랑 하나가 눈에 띄었다. 손님은 없는데 창 밖에서 들여다보니 테이블에 많은 음식이 남아 있었다. 유리창 속을 바라보는 나와 레이지, 쉥은 모두 한마음이었다. 나는 얼굴에 철판을 깔고 레스토랑으로 들어가 주인에게 우리는 배낭여행자인데 돈을 인출할 수가 없어서 그러는데 남은 음식을

먹어도 될지 물어보았다. 주인은 흔쾌히 승낙했고 따뜻한 물까지 대접해 주었다. 그렇게 중국에 처음 들어와 먹은 음식은 남이 먹고 남긴 음식이 었지만 양고기로 보이는 요리는 중국 여행 중 아직도 잊지 못할 가장 맛 있는 음식이었다. 허겁지겁 배를 든든히 채울 때까지 우리는 한마디 말 도 없었다.

레스토랑 주인에게 감사의 말을 남기고 밖으로 나왔다.

이젠 잠이 문제다. 그나마 저렴한 숙소를 돌아보며 가격을 물었지만 놀랍게도 방이 없단다. 외모가 너무 거지 같아서 방이 없다고 했는지 모 르겠지만, 레스토랑에서 얼굴에 철판 깔고 물어봤던 내가 다시 제안했 다. 아까 다녀왔던 숙소 로비에 소파가 있던데 거기에서라도 잠깐 눈을 붙이자고 했다. 카운터를 보던 사람에게 슬며시 다가가 방이 없다고 했 으니 로비에서 잠깐 시간을 보내겠다고 말했더니 불쌍했던지 허락해 주 었다. 중국에서의 첫날밤. 정말 거지가 따로 없군!

다음 날, 우리는 아침 일찍 예정했던 카슈가르로 향했다. 5시간의 여정

으로 카슈가르에 도착했고 레이지와 쉥은 다음 목적지인 키르기스스탄으로 향하는 버스를, 나는 우루무치로 향하는 버스를 예매했다. 그렇게 그들과 이별을 고했다. 나는 여행의 막바지였기 때문에 레이지에게 내가 아끼던 배낭 덮개와 여러 가지 여행에 필요한 물건을 건넸다.

이동 시간이 27시간인 카슈가르에서 우루무치로 향하는 버스 침대에 누워 유라시아 횡단을 하면서 적었던 일기장을 꺼내 보았다.

kwon i ddolggi

Tip

나도 작가가 될 수 있다

여행을 자주 다니는 사람이든, 여행을 하고 싶어 하는 사람이든 여행을 좋아한다면 한 번쯤 여행 책을 내고 싶은 생각을 하셨으리라 생각됩니다. 요즘은 수많은 블로그나 미니 홈피에 여행기가 넘쳐나는 시대입니다. 하지만 여행 책과 인터넷상의 여행기는 엄연한 차이가 있습니다. 예를 들어 자신만의 독특한 여행 방법이나 이야기가 담겨 있어야 하되, 오로지 자신만 알 수 있는 이야기가 아닌 독자를 염두에 둔 글을 써야겠죠? 여행을 다녀온 많은 사람들이 출판을 시도했지만 세상 밖으로 나오지 못한 이야기들로 가득합니다. 오랜 원고 수정에 지친다거나 출판사를 찾지 못한다거나 계약 후에도 서로 편집 방향이 다르다거나…… 하지만 그렇다고 특별한 사람만이 여행 작가가 되는 것은 결코 아니랍니다.

자신만의 여행 이야기와 철학을 가지고 여행을 계획하고 실행했다면, 그 후 꼼꼼하게 정리하고 원고를 작성했다면 출판에 도전해 볼 만합니다. 또한, 여행을 시작하기 전이라도 명확한 여행 목표와 기획이 있다면 출판사와 미리 계약하고 나서 출발하는 여행가들도 있습니다. 하지만 출판사도 엄연히 이익을 추구하는 회사입니다. 그렇기에 자신만의 여행 이야기와 출판사의 마음이 맞아야만 성사될 수 있는 일이겠죠?

여행기가 되었든, 소설이 되었든, 누구든지 작가가 될 수 있습니다. 하고자 하는 꿈을 포기하지만 않는다면, 그리고 거기에 노력이라는 단어를 추가할 수 있다면 자신 있게 출판사에 연락해 보세요. 기회의 문은 얼마든지 열려 있습니다.

48시간 동안의 입석 기차 여행

타슈쿠르간에서 카슈가르까지 5시간 버스, 카슈가르에서 우루무치까지 27시간 버스 여행. 나에게 중국은 그냥 서둘러 지나가는 국가였다. 사실 나는 이번 여행을 마치면 중국에 교환학생으로 다시 올 생각을 했기 때문에 서둘러 한국으로 향했다. 그렇기에 우루무치에 도착하자마자 기차역으로 향했다. 바로 베이징으로 향하는 기차표를 예매하려 했지만, 경험상 창구에서 표를 파는 중국 사람들과 영어로 대화할 수 없었기에 역사에 있는 안내원에게 도움을 요청했다. 그러자 안내원은 손님 중 영어가 가능한 사람을 찾아 통역을 부탁했다. 나는 베이징으로 가는 기차표를 예매하고 싶다고 했지만 돌아오는 대답은 표가 없다는 말이었다. 통역을 해주던 친구가 창구에 무언가를 물어보더니 입석이라도 괜찮으냐고 나에게 물었다.

"Yes!"

이 대답이 그때는 얼마나 큰 후회가 될지 몰랐었다. 표를 받자 도착시각을 확인할 수 있었다. 우루무치에서 베이징까지 정확히 48시간! 그것도 입석이다. 우루무치에 도착한 지 4시간 만에 다시 기차에 올라탔다. 기차의 마지막 칸에 탑승하여 자리를 잡고 바닥에 앉았다. 역시 어마어마한 인파가 기차에 올랐고 입석끼리 자리싸움이 치열했다. 다행히 내 주위에는 젊은 친구들이 많아서 언성을 높이는 일은 없었다. 정해진 시간에 기차가 출발했다. 또 하나 다행인 것은 중국 기차 시설은 인도와 다르게 깔끔했다. 오로지 자리를 지키기 위해 한동안 움직이지 않고 바닥

에 앉아 있었더니 함께 있던 사람들이 말을 건네기 시작했다.

이름이 왕징이라는 대학생은 나와 비슷한 나이로 영어가 서툴러 대화를 많이 나누진 못했지만, 베이징까지 가는 내내 심심치 않게 친해졌다. 그는 가지고 있던 의자를 건네주었고 아무런 먹을 것이 없던 나에게 자신이 챙겨온 라면과 음료까지 나눠주었다.

저녁이 되자 기차 안은 중국의 대단함을 보여주었다. 오랜 여정이라 그런지 통로에서 거리낌 없이 담배 피우는 사람들과 마작으로 도박하는 사람, 피곤함에 천장에 있는 짐칸으로 올라가 편히 누워 자는 사람까지, 중국인의 대범함에 놀랄 뿐이었다.

새벽이 되자 나도 어떡하든 누워야겠다는 생각에 통로에 누워 새우잠을 자는데 수시로 지나가는 물건 파는 직원의 카트 때문에 잠을 깨야 했다. 어찌나 밉던지, 새벽에는 아무도 물건을 사지 않으니까 그만 좀 지나가라고 짜증을 내고 싶었다.

보통 아무리 먼 곳을 이동한다 해도 다음 날 해가 뜨면 도착했지만, 이번만큼은 그렇지 못했다. 해 뜨는 모습을 두 번이나 보고서야 베이징에 도착했다.

다음 날 베이징에서 톈진으로 향했고 인천항으로 가는 배를 예매했다.

집으로

무모하지만 무모하지 않았던 도전!

영국에서 스쿠터를 끌고 프랑스로 가는 배를 탔을 때 유라시아 횡단이 시작되었다. 여객선 안의 승객 중 동양인은 나 하나였다…….

이제 나는 중국 톈진天津에서 한국 인천항으로 향하는 배의 갑판 위로 올라간다. 처음과는 사뭇 다르게 스쿠터나 여러 가지 잡다한 장비는 없다. 단지 내 어깨 위로 가볍게 들려 있는 배낭 하나가 전부다. 거울에 비친 나는 180도 완전히 달라져 있다.

길었던 머리는 짧은 빡빡이가 되었고 발톱에는 때가 꼬질꼬질 끼어 있다. 도대체 어디를 그리 다녔는지 가늠할 수 없을 만큼 발등뿐만 아니라 얼굴과 팔, 다리, 온몸 전체가 구릿빛으로, 보기 흉하다기보다 아주 건장한 청년으로 보인다. 수많은 여행의 기억들을 담은 내 눈을 깜빡어 본다. 출발 때와 외모도 많이 달라졌지만, 무엇보다도 달라진 건 바로 내 눈빛이다.

배의 옆쪽 갑판 위로 올라가 고개를 좌우로 돌려 바라본다. 이미 중국을 멀리 벗어나 노을 진 하늘과 바다 그리고 내 마음, 세상 모든 것이 붉게 물들어 있다. 단지 바다 한가운데 그 적막을 깨는 듯 배가 떠다니고 있을 뿐.

고개를 좌측으로 돌려 배의 선미를 본다. 선미가 바다에 그리는 물결은 내가 여행하면서 겪은 추억만큼 출렁대고 있다. 영국에서부터 유럽, 중동을 지나 아시아의 동쪽 한국까지. 정말 많은 일이 있었다. 더 이상 두려움은 없다. 25년을 살면서 처음 한국을 벗어나 1년 만에 돌아간다.

고개를 반대로 돌려 마지막 도착지인 한국으로 향하는 배의 선수를 바라보니 조용하고 평온했다. 평평하고 평온한 바다에 그려질 앞으로의 내 인생이 기대되었다. 앞으로의 내 미래가 어떻게 될지 모르지만 두려움보다는 설렘이 크다.

> 그대가 얼마나 가까이 갔는지 그대는 결코 모르리라,
> 가까이 갔지만 너무도 멀리 있는 것처럼 느껴지기에.
> 아무리 혹독한 시련이 닥치더라도 포기해서는 안 되리라.
> 최악의 순간이 닥쳐도 결코 포기해서는 안 되리라.
> 포기하지 말라.
>
> —— 무명인

Part
5

아직 끝나지 않은
나의 여행

늦었다고 생각할 때는, 정말 늦은 것이다.
그러니 잡초처럼 다시 일어서야 한다.
철든다는 것은 더 이상 청춘이 아니기에…
떠나지 않는 청춘은 죄악이다!
— 전준오

11년간 흐르지 않은 눈물

영국에서 여행을 시작할 때부터 아버지에 대한 걱정을 안고 있었다. 그럼에도 여행을 감행했다. 이런 나의 결심을 지인들은 걱정했고 만류까지 했었다. 하지만 출발했다. 무엇이 나를 그토록 가슴 뛰게 했으며 열정적으로 만들었는지 모르겠지만, 그냥 여행일 뿐인 이 모험이 내 인생을 바꿔줄 시발점임에 틀림없다고 직감했던 것이다. 그 후로는 자신 말고는 눈에 보이는 것이 없었다. 오로지 나만 보였다. 무사히 여행을 마쳤지만, 가족에게 정말 죄송했다. 그리고 나의 빈자리를 대신 채워준 '불알친구'들에게 고마웠다.

누구는 나의 이런 행동을 이해한다고 말해준다. 또 다른 누구는 나에게 철없다며 질책한다. 아버지에게 죄송한 마음은 이루 말할 수 없지만, 후회는 없다. 이런 나를 하늘에 계신 아버지는 이해해주실 거라고 굳게 믿고 있을 뿐이다.

인도 바라나시에서 아버지 소식을 듣고도 눈물을 보이지 않았다. 그리고 혼자서 아버지와 약속했다. 나 스스로 아버지에게 어떤 결실을 보여드릴 수 있을 때 아버지를 찾아가 그때 눈물을 흘리겠노라고, 오랫동안 참아온 눈물을 보이겠노라고……

아버지께

이제야 당신을 이해해서
죄송합니다.
아버지.

　똘끼, 50cc 스쿠터로 유라시아를 횡단하다

맨땅에 헤딩!

정말 맨땅에 헤딩하듯 달려왔다.

2009년 군대에서 제대하고 영국에 가기 위해 새벽 6시부터 다음 날 새벽 2시까지 1년 동안 하루 네 가지 일을 했다. 스쿠터 전국 일주를 한 뒤 영국에서 100만 원으로 생활을 시작했다. 영국에서 아르바이트하면서 가방과 오토바이 장사를 했고 유라시아 횡단을 꿈꿨다.

한국에 돌아와서 바로 아버지를 찾아갔다. 어머니와 누나는 나에게 내가 인도 바라나시에서 있었을 당시 상황을 이야기하지 않았다. 일주일이 지나고 학교에 복학해서 마치 현실과 타협한 것처럼 열심히 적응했다.
유라시아 횡단을 통해 육체적인 모험을 마쳤다고 생각했지만, 영국을 다녀오고 유라시아 횡단까지 마친 나는 예전과 다른 가치관과 계획으로 한동안 방황하기도 했다. 여행 후유증처럼.

그리고 2011년 마음을 다잡고 여행기를 정리했고 여러 인터뷰와 '도전하는 청년'이라는 주제의 강연으로 다양한 활동을 시작했다. 항상 목표를 세우고 끈기 있게 살기 위해 애썼다. 예전엔 마무리가 약했던 나였기에 더 열심히 살았다. 그리고 지금은 미래를 꿈꾼다.

여행뿐만 아니라 인생에서 많은 도전과 모험을 할 나이이기에 나는 지

똘끼, 50cc 스쿠터로 유라시아를 횡단하다

금도 도전한다. 실패해도 상관없다. 단지 도전에 확신이 있다면 포기하지 않고 즐기면 되는 것이다. 이것이 유라시아 횡단을 하면서 배운 교훈이다.

내 여행은 아직 끝나지 않았다.
내 도전은 아직 끝나지 않았다.

단지 이제 시작일 뿐이다. 맨땅에 헤딩하듯.

20대, 젊음의 아름다움으로
꿈꾸고 도전할 나이

요즘 젊은이들은 대학교에 입학하자마자 스펙을 위해 토익 학원에 다니고 수료증만을 위한 봉사활동에다, 각종 공모전에 뛰어들어 시간과 정열을 투자하는 등, 취업만을 위해서 20대를 소비한다. 그렇게 해서 원하는 기업에 취업은 하는가? 이것이 내가 평생 해보고 싶은 일인가? 정작 20대를 제대로 보내고 있는 것인가?

어느덧 대학교 3학년이 되어버린 나도 사실 두려움이 많다. 대외활동에 토익, 기사 자격증까지, 각종 학원에 도서관도 모자라 독서실에 틀어박혀 오로지 취업만을 위해 마지막 대학생활을 보내는 친구들을 보고 있노라면 그러지 않는 내가 과연 맞는 것일까 불안하다. 혹시 내가 선택한 행동이 잘못된 건 아닐까? 고민했기에 두려움도 있다.

머리보다 가슴에서 먼저 원하는 일, 가슴이 뜨거워지는 것을 하자!
취업 준비라도 상관없다. 그것이 나를 즐겁게 하고 가슴 뛰게 하는 것이라면 상관없다. 하지만 가슴 따로, 머리 따로. 갈등이 생긴다면 적어도 20대에 한 번쯤은 가슴 뛰는 도전을 했으면 좋겠다. 스펙이 아닌 자신의 인생 스토리와 철학을 가진 젊은이가 되었으면 한다. 비록 가슴 뛰는 도전이 나에게 소득 없는 행동일지언정, 20대는 실패해도 용서되는 나이가 아닌가. 항상 안정만 추구할 것이 아니라 넘어져 보고 실패하면서 다시 일어서길 반복하자. 한번 넘어져 봐야 다시 넘어지지 않으려 노력한다.

유라시아 스쿠터 횡단을 마친 후 생각의 변화는 컸지만 사회적 위치는 변함이 없기에 즐겁게 학생식당에서 아르바이트를 했다. 중학교 때부터 시작한 아르바이트는 어떤 일이든 나에게 활력소가 되었다.

　나는 유라시아 횡단을 통해 모험과 도전을 했고 앞으로의 아름다운 꿈을 꿨다. 이제 그 꿈을 실천할 단계다. 이런 말은 성공한 사람이 강단 위에 올라가서 하는 말이지만 나는 아직 성공한 사람이 아니다. 같은 20대로 함께 도전하는 사람 중 하나일 뿐이다. 단지 남들과 조금 다른 도전하나를 해본 것뿐이다. 그리고 또 다른 도전을 준비하는 20대일 뿐이다.

　이 책을 읽은 누군가가 실패를 두려워하지 않고 나와 함께 도전했으면 좋겠다.
　20대, 젊음의 아름다움으로 꿈꾸고 도전할 나이이기에…….

　난, 오늘도 도전을 꿈꾼다.

감사의 글

2010년 여행을 마치고 출판 기획안을 작성한 뒤 무작정 출판사 십여 곳을 돌아다녔습니다. 전부 불가능하다고 말했습니다.

2011년 새로운 마음으로 기획안을 수정하여 다시 출판사 수십 곳을 돌아다녔습니다. 이번엔 몇몇 출판사에서 반응이 왔습니다. 하지만 이 한마디 매력을 이길 곳은 없었습니다. "자네, 술자리 좋아하는가?" 처음 찾아간 문학세계사 김요일 시인이자 이사님에게 우선 감사의 말씀을 드리고 싶습니다. 귀찮을 정도로 수정을 요청하는 저 때문에 고생하시는 편집장님과 다른 직원분들께도 감사드립니다.

여행을 준비하면서 큰 힘이 되었던 훈이 형님, 승목이 형, 재현이 형, 정식이, 유민이, 먼저 125cc 스쿠터로 유라시아 횡단을 하신 임태훈 작가님, 열정 하나만으로 스폰서를 자청해주신 Regency college, 렛츠유학원, HJC, 파리로 향하는 길 위에서 만난 주유소 사장님, 숙박비를 받지 않은 파리 남대문 민박집 어머님, 고맙습니다. 취리히에서 재회한 바네사, 천국에서 길을 잃게 해준 피피와 로만 그리고 마이클, 오스트리아에서 추억을 만들어준 운회 형, 건영 씨, 엘레나, 우기를 만나 벌벌 떨던 나를 받아준 독일 시골의 어느 노부부, 동유럽의 두려움을 떨쳐준 세르비아 민박집 사장님, 큰 힘이 되었습니다. 복잡한 이스탄불 교통을 걱정해 미리

마중 나온 시벨의 남편 칸 그리고 세지와 머트, 앙카라에서 만난 교칸과 하기, 카파도키아의 이루마, 기름이 없어 탈진 지경이었던 나에게 오아시스를 건네준 앙카라 대학교 교수님과 경남대 이원제 교수님, 다들 너무나 감사합니다. 이란에서 나를 '주몽'이라 불러준 구조요원들, 테헤란에서 만난 페즈만과 배낭여행 스승인 본웅이 형 그리고 골치 아픈 스쿠터 문제를 처리해준 이란의 한국 대사관 직원 유인봉 행정관님과 대사관에서 만난 온누리 엔지니어링 이종우 대표이사님, 배낭여행의 외로움을 달래준 레이지와 중국에서 만난 왕징, 모두들 고맙습니다. 여행 후 책을 더욱 튼튼하게 해주신 용감한 형제 배장환, 배성환 형님, 책의 캐리커처를 그려준 정우…… 이렇게 글로 표현하니 정말 많은 친구와 함께했군요. 혼자만의 여행이 아니었습니다. 항상 함께였죠.

아! 가장 중요한 분들을 빠뜨렸군요. 드넓은 지구 어디를 다녀도 내가 돌아와 만날 사람이 있다는 걸 알게 해준 아버지와 어머니 김학순 님 그리고 누나 권윤미, 영국 어학연수를 준비하며 재정보증인이 없어 힘들어할 때 주저없이 손을 내밀어 주었고 유라시아 횡단을 준비하면서 자기 일처럼 도와주었으며 아버지 임종의 빈자리를 대신 채워준 나의 친구들에게 고마움을 전합니다. 영국에서 이란까지 여행의 친구이자 동반자였던 스쿠터 줌머까지.

　오늘만큼은 이 말을 쓰고 싶습니다. 과거에 저를 미워했거니 응원해주신 분들과 지금 저에게 힘을 주고 자극을 주시는 분들, 미래에도 여전히 제 옆에서 응원과 힘을 주실 분들에게 감사드립니다. 앞으로도 엉뚱하게 보일 수도 있고, 노력하는 모습을 보일 수도 있겠지만…… 절대 현실에 안주하지 않고 저만의 인생을 계획하고 실천하는 뚤끼가 되고자 합니다. 그럼…… 땡큐!

　마지막으로, 스위스의 어느 아름다운 길에서 추월하며 나를 향해 엄지손가락을 치켜세운 채 시야에서 사라질 때까지 경적을 울려준 붉은색 고물 스포츠카를 운전하던 친구에게도…… 땡큐~!